雨果的迷宫

Hugo's Labyrinth

李宏伟 著

北京出版集团
北京十月文艺出版社

目录

序："最后一个人"与他的世界

李敬泽

1

那一天，哥德尔和爱因斯坦在普林斯顿大学校园里溜弯儿。

哥德尔说：想想看，一个女人，在一个瓶子里。

爱因斯坦有点心不在焉，他常常不在此处，但哥德尔的话显然让他回来了：哦，谁把她装到瓶子里去了？

哥德尔站住，故作惊讶地看着智者：上帝啊，还能有谁？

爱因斯坦摇了摇头：上帝不开玩笑，可是亲爱的哥德尔，你喜欢和上帝开玩笑。

哥德尔严肃地说：想想看，那个瓶子里的女人，她会把你和我，把普林斯顿、美国，把整个宇宙都喝下去，就像一口气干掉一瓶啤酒。

爱因斯坦注视着哥德尔灰蓝色的眼睛：哥德尔，我在想，你究竟是敬畏上帝还是害怕女人。然后呢？瓶子在哪儿？掉到了地毯上？

2

我不记得在哪儿读到的了，在爱因斯坦晚年，他和哥德尔成为密友，两个老头儿每天结伴散步。

人们一定很想知道他们谈些什么。

如果他们谈到了瓶子、女人、上帝、宇宙、时空的卷曲和流转，我不会感到意外。

哥德尔肯定会喜欢那篇题为《瓶装女人》的小说。我想，爱因斯坦可能也会喜欢。

所以，某一天早晨，李宏伟出现在普林斯顿校园里，打扰了那庄严的散步。

我们看见一个黝黑瓷实的东方汉子跟在两个白发凌乱的白老头儿后边，此人刚自布达拉宫飞来，高原热烈的阳光为他涂了一层釉，本来就黑，现在黑亮，按照神秘的中国说法，他是包了浆了，是时间和阳光和油脂和酒和诗和哲学共同作用下的光。这个人，他过于热爱生活，以至于生活满足不了他。——这句话不是我的发明，我好像是在一本讨论圣奥古斯丁的书里看到的。李宏伟当然既不圣也不奥古斯丁，奥古斯丁年轻时是个酒徒，李宏伟现在就是个狂飙突进的酒徒，但你不能反过来说酒徒都是奥古斯丁。但有一点他和奥古斯丁是一样的，酒满足不了他，他学哲学，他当编辑，他写诗，他写小说。

3

李宏伟的《雨果的迷宫》收录了五个短篇小说。为了把《雨果的迷宫》看得更清楚一些，我本想重读一遍他的长篇小说《国王与抒情诗》，但是，这本书留在办公室的书柜里，这个春节，所有的人被瘟疫封闭在家里，你跃出战壕，戴着口罩，穿过危险的开阔地带，只是为了取回一本书？

好吧，我翻开《雨果的迷宫》，读了第一篇《瓶装女人》。忽然想到，哥德尔会喜欢这个，这种诡谲的、自我吞噬的空间想象。然后我发现，他还会喜欢接下来的几篇，比如《冰淇淋皇帝》《雨果的迷宫》《沙鲸》。这些小说都有一个哥德尔式的装置，空间的嵌套、卷曲，感觉和意识的自反与作乱。

谈论哥德尔不是我擅长的事情，我无意在此描述和分析李宏伟的时空构造。我比较有把握的是，所有这些故事里都包含着某种超越性冲动——这是人超出了他的时间和空间尺度、他的“活着”、他的意识的惯性，人不再是那个困于此时此地、以此时此地此世界为标准为本质的人，人得相信，他的本质——如果有的话——只有在一个向远方、向彼岸的向度里才得以显现。

在这本书中，这种超越有时是内在的，被内在的视觉所感知，意识内部被蓦然照亮，比如题为《雨果的迷宫》的那一篇里，当那个名叫雨果的女子登上公共汽车，空间与时间的抽象与表意就在一个内在视角中展开，仿如自我意识的戏剧。但有时，超越完全是外在的，比如《冰淇淋皇帝》里，我们忽然在最后看见了一个套盒式的更大空间的存在，但这完全没有进入人物的意识，人物如蝼蚁，作者和读者如俯视蝼蚁的人或俯视人的上帝；一定程度上，《瓶装女人》也是如此。有时，超越既是内在的又是外在的，它同时在内面和外面被看见，比如《沙鲸》。

还有那篇《长久空缺的吻和她的两次发作》，这在整本书中是一个有趣的特例，那个女人琐碎、平庸和冷漠的生活，在小说的结尾迎来了一次绽放、爆闪，她一脚把她老公像皮球一样踢了出去——那兄弟不是像皮球，在那一瞬间，他和它就是皮球，它在天空中蹦跳、飞翔，最后瘪掉，就像是勃起和软下去。

——这篇小说提醒我们注意，至少在这里，所谓超越仅是一个虚拟的动作，它并未真的发生，它仅是一次短暂的膨胀，接着即是空无。小说的最后，一切都没有改变，世界一如恒常，女人还是那个女人，男人还是那个男人。

或许我们可以据此检视其他几篇小说，另外那四篇中，《瓶装女人》和《冰淇淋皇帝》某种程度上是“长久空缺的吻”的另外两次“发作”，在一种外视的角度下，空间的胀缩确证了枯竭和空无。——这与其说是李宏伟所求证的，不如说是他所恐惧的，他面对着无名的、至大的、绝对的否定性——其实人类一直就面对着这个，然后，他和人类一起思考如何肯定自己，如何从瓶子里、从冰淇淋里跳出去，所以《雨果的迷宫》和《沙鲸》都预设了一个内视的、自我决定的“我”，这个“我”要跳，要真正的超越，这意味着不要落到原地，如果你仅仅是为了像个皮球一样落下，那么你其实完全没有必要跳，现在，“我”期待落到一个不同的世界，成为不同的自己。

4

爱因斯坦之所以出现在这里，不仅因为他和哥德尔是朋友，也不仅因为他开启了关于时间和空间的某种现代想象。更因为，这个现代科学的神，他其实怀有一个前现代的信念。因为他是爱因斯坦，他不得不以李宏伟小说里那种外视角度看待问题，他反对人以自我、个人为坐标，那是监狱，是现代人为自己建造的监狱，他认为那将导致自我的枯竭，然后，他想，人一定要皈依到某种整体性中去，人一定要在某种不是他自己的东西中发现、扩展和创造他自己。

所以，李宏伟去见爱因斯坦的时候，很可能会带上《国王与抒情诗》。我一直在回想这部小说的故事，这是一部关于诗人、世界、城邦的书，而李宏伟的想法似乎是犹豫暧昧的，他可能一开始想写一个诗人的、现代诗人的“理想国”，尽管这个国度没有多少生活和历史的根基，但是他可以调集现代以来、20世纪80年代以来庞大的思想资源，他可以召集起浩浩荡荡的诗人的乌合之众，其中每一个人都认为自己是自己的王并直接由此成为为世界立法的王。李宏伟可能真的这么想过，但这部书写着写着，他渐渐没那么自信了，柏拉图的正面和反面在争辩，好像是，写到最后，诗人成为了国王，但他同时不再是诗人。人无法独自面对世界，或者说，绝对的、独自面对世界的个人其实也就不再拥有世界。

在《国王与抒情诗》中，人最终无法以自我为坐标，正如爱因斯坦无法想象人以自我为坐标。《国王与抒情诗》有时被认为是科幻小说，它当然不是，它可能更像哲学幻想小说，或者哲学空想小说，但是它的确分享着科幻小说中一脉根深蒂固的思想传统，在这个传统中，预设着超出人类日常经验的外在性的更大视角，这个视角的降临和介入，如断然翻开底牌，把绝对的整体性或总体性问题亮了出来，它不再是一个理性选择问题，它就是被现代性遮蔽的个人存在和人类生活的那个坚硬的、同时又是幽深空无的根基。

5

在唐弢奖评奖中曾读过一篇论文：《“长老的二向箔”与马克思的幽灵》，作者陈舒劼指出，几乎所有的中国科幻小说，在科学和技术进步的想象之外，关于未来社会形态的想象都是返祖的，当我们在技术上向前穿越时，我们同时向后回到了长老、元老院、帝国，回到了前现代的社会和政治形态。

——他看出了问题所在。但这其实不仅是中国科幻小说的问题，世界各国的科幻小说也大抵如此。星际战争通常不会被想象为自由人联合体之间的斗争，或者说，在一种下意识的启蒙话语中，人们其实无法自洽地论证自由人联合体之间的战争，必须把未来重新带回丛林，回到城邦，回到帝国，回到人类生存竞争的原初情境中去。

这并非简单的社会和政治想象问题，科幻小说通常预设着某种外在的超越性危机，也就是说，我们忽然意识到有一双眼睛在外面、在上面看着我们，而且，它还要介入、干预我们的生活。这是一个超越性撒旦，它不仅使人类生活陷入整体性危机，而且正是在这种突然而来的整体性危机中，现代性的个人问题变成了“世界上最后一个人”问题，也就是说，如果我们想象世界上只剩下最后一个人，那么，这个人实际上已经完全失去了他的世界，他的意义和一棵草、一只动物并无区别。他必须以此为原点，回到人类的历史原点上去：在那里，个人的意义完全系于部族、城邦乃至帝国的整体性存续。

所以，与其说科幻小说家们缺乏对未来社会形态的想象力，不如说，他们的文化功能就在于这种与现代性之间的张力，他们和读者分享着一种本能的前现代经验和记忆。在这里，古老的图景在一种危机的、末世的想象和意识中被重新唤醒，在这个图景中，个人被纳入某种整体性坐标，当然也包含着可以料想的、整体性决断所要求的个人牺牲。在一个想象的绝对危机中，这其中的疑难几乎可以忽略不计。

5

李宏伟，这个哲学硕士，这个诗人，他大概会把《国王和抒情诗》送给爱因斯坦。但是，我猜想，另一只手，在背后，他拿着另一本书，题为《雨果的迷宫》，他在犹豫，他不能确定爱因斯坦会如何评价此书。

——这仍然不是科幻小说，他的幻想的调性更近于唐传奇或《聊斋志异》。但是，李宏伟和蒲松龄没有什么共同的话题，我猜想，《雨果的迷宫》作为一个短篇小说集，大概是写于《国王和抒情诗》之前，在此之前，李宏伟所焦虑的，是如何拯救那孤独的、最后的一个人。

雨果、白洁、桑铎和杨溢，他们都处于一种意义的枯竭状态。也就是说，他们都封闭于自身，而按照他或她自身的标准，他们无法为自己确立某种根基，无法说服自己，也无法说服作为读者的我们。

——严格来说，他们无法构成故事或叙事，如果没有一个超越性向度降临，李宏伟大概无法，也无必要写出这里的每一篇小说。

然后，那个向度应召唤而来，人封闭于他自身，但忽然，在一种超越性想象中，一个空间敞开，他或许可以由此获得他的世界、他的意义。

桑铎在另一重空间里成为了一个塑造师——那据说是无边的沙漠，在其中他必须塑造世界，然后这个世界才能连同他自己去推开下一扇门。而雨果在她的迷宫里面对自己的重重影像，这位阿里阿德涅的探险就是在此一时的自己和彼一时的自己中做出辨认、澄清和选择。

这个空间照例空旷无人，除了“我”，自我的创世、自我的超越。这是绝对孤独的创造，李宏伟在进行一个非同一般的实验，就如同地球上最后一个人把自己想象为上帝。

但问题是这样的创造是否可能，以及这样的创造向哪里输出？无法输出的创造就不是创造，至少在《沙鲸》中，桑铎意识到了他的难局，小说的最后，是一个绝对孤独者向另一个绝对孤独者的疯狂而无效的输出，如无声的嘶喊。而底牌可能一开始就已在《瓶装女人》里揭开，所谓吞吐万物，最终不过是落到了地毯上。

——这好像是在推演一个哲学上的难题。如果有上帝，上帝创世并且成功输出了，这本身就是绝对的肯定。但即使在上帝身上，也依然有一个谢林式的难题，上帝在创世之前在干什么？或者说，那里是否存在某种黑暗幽深的、否定性的根基？

好吧，这很绕口。我是说，对李宏伟这个诗人来说，一种个人的创世是可以想象的；麻烦的是，在这种想象中，哲学硕士李宏伟不得不面对一个更深的困境：这里的每个人都不是上帝，他自身和他所面对的问题都是如此庸常、属于人世，比如爱的磨损和失去，比如作为权力与猛兽的父亲，等等。那么，当李宏伟想象另一种时空时，他是认为此时此地的问题不可能在此时此地获得答案吗？还是认为仅仅限于此时此地的答案在根本上注定空无，注定是否定性的？那么，为了对抗空无和虚无，人需要一种超越性的更高的肯定，但在这本书中，限于、困于自我的内在性超越似乎最终都是失败的，这是抒情诗式的失败，悲壮、伤感。但同时，或许也暗示着某种反向的猜想——也许，确实存在某种更高、更具超越性的力量，那是外在于我们的，是一个门、一个出口、一个输出与给予的行动，然后，人才能获得他的世界，然后，他的肯定就在于他不再成为自己，正如桑铎在他所塑造的世界里发现一种绝对的超越正在生成，那就是从远方而来的沙的巨鲸，那是他创造的，但那是大于他而且将淹没他的。

——我就是因此推断，《雨果的迷宫》先于并且会走向《国王与抒情诗》。但李宏伟心中不是同时运行着某种哥德尔式的空间吗？在这个多维空间里，没有什么是单向的，无法标定出发之地和抵达之地，人会被自己塑造的沙鲸吞噬，但与此同时，沙鲸在人的体内游弋。

6

然后，在这个二月，我看到哥德尔和爱因斯坦，他们相距一米，慢慢地走着。后边一米，走着李宏伟，口罩遮住了他的脸。

2020年2月15日初稿

2月19日夜改

4月30日凌晨改定

瓶装女人

瓶子重重落在地毯上，瓶内波澜回荡，呛了女人一下。一股黏稠的液体漾起，甩出了瓶外。

女人逐渐从混沌中恢复意识，她睁开眼睛，周围仍旧是如同真空般空无、固体般致密的黑暗，辨别不出任何物体的轮廓，析分不出所置身空间的层次。她凭着直觉游动几下，到了瓶口，双手撑着瓶颈，仰起头，在手臂下滑之前，口鼻露出了水面，着着实实呼吸了一口新鲜的空气。

第一口。这一次的第一口。女人让这口新鲜空气进入身体，仿佛借助它，从内里将自己清洗了一遍。

双手滑脱，身子翻转的一刹那，她的右耳也露出了水面，听见隐约、均匀的嘀嗒嘀嗒声，一双看不见的脚正在瓶子外面的空气里凌空蹈虚地踏步前行。随后，她又沉入了水下，沉入了更加黏稠的黑暗。女人知道，她再分泌不出什么来加深这黑暗。

也没有这个必要了。一阵更加明显的声音响了起来，沉稳，结实，每一声都在夯实它所立足的基础，每一下又都对这个基础有所动摇。这声响在上升，橐、橐、橐，也在接近。没有被打断，也没有停歇，它的均匀呼应着女人耳中残留的嘀嗒声。

然后声音停下来，像被掐断一样凭空消失。女人没有怀疑自己出现了幻听，愈见清晰的记忆让她对眼前的事情有了更多的把握，她对后续有了猜想。女人停止双手、双脚的摆动，完全静止在水中，以免错漏任何验证猜想的响动。

果然，一串金属物品相互碰撞的叮当，一个扁平物品插入孔眼的刺啦，一次轻微的转动制造的咔嗒，一下往前推动的吱呀，一声折断或者摁下的啪，这一连串的声响无中生有地带来了光亮。女人的眼前豁然明亮起来，尽管身处浑浊的水，隔着玻璃瓶壁，这光亮没有那么斩截、明朗，可也正因为如此，忽然明亮了的眼前世界带着搅拌成一团的体温，仿佛光亮具有立等可取的加热作用。

站在门口的是一个男人，他回身关上了门，看了一眼自己刚刚按下的开关，向他的目标走去。女人游到瓶口处，顾不上看他，她先要从这个位置，尽可能地把周遭世界打量一番，对比着记忆，核校一下什么地方起了变化，变化的幅度有多大。她需要依据这个幅度，推测一下发展的趋势。

房间没有什么变化，四四方方，没有窗户。天花板上垂挂下来的孤零零的吊灯射出冷冷的白光，让白色粉刷的墙壁与天花板更加泛白，白到骨头里面。房间的一角摆放着一张沙发、一张条桌，桌上放着唱机，堆着一堆唱片——女人回想了一下，其中的大部分唱片她都听过，但是重复听过的并不多。房间的另一角放着立式空调，在女人的记忆里，空调很少使用，多数时候都没必要也来不及。第三个角落放着一个大花盆，里面的三角梅已经快一人高，紫红色的花缀满了好几根枝条。

房间里的第四个角落，是金属的极简的盥洗池和同样风格的水龙头。女人撑着瓶壁，从瓶颈与瓶肩不同地方张望了好几遍盥洗池与水龙头，从这个角度当然看不见池里的玻璃缸、玻璃杯，可是这完全阻绝不了她心中绵延不断的热望。

目光好不容易从盥洗池、水龙头上挪开，看向地面。房间中央是四四方方的地毯，和房间的各个墙边等距地铺在正中央，地毯外面是暗黄色的木地板。女人不指望地板上已经开始出现变化，她以目光为检测器为放大镜，筛选、排查地毯上的每一寸面积，每一根纤维。漾出瓶内的液体照样落在地毯的东南角，洇湿了一个长条形的面积，像是一条鱼。另有少量液体洒在长条形面积周围，有大有小，恰好构成了鱼尾、鱼鳍，鱼周围的水泡，还有鱼嘴边吐出的气泡。女人在瓶里换了几处位置，加快了自己的动作，那鱼眼看着活过来，游动起来。

漾出的液体这一次成了鱼的图案让女人开心了一些，更让她开心的是，经过仔细对比，这一次液体洇染的面积比起上一次，已经多了五个细小的格子。五个格子实际面积微不足道，作为变化的指标，却是足够她开心好一阵了。因为这多出来的五个格子，女人这时候终于能够看向进入房间的男人了，她看向男人的目光除了往常的怨恨与怜悯，也因此还多了一点点宽容。

男人当然没有注意到女人目光中复杂的成分，和往常一样，他根本没有看房间正中央的地毯、地毯正中央的瓶子、装在瓶子里的女人，一眼都没有。就像那个区域对他来说是另一个空间一样，男人径直从门口走到对面墙角，在沙发上坐下来。他从兜里掏出一瓶酒来，拧开盖子，仰头咕咚喝了一大口。女人双手扒住瓶壁，双眼都快贴在玻璃上，仍旧看不清楚是什么酒，只能勉强看出酒的颜色略微呈金黄。

男人倚靠在沙发上，伸直双腿，仰起脖子，闭上了眼睛，让那一口金黄的酒液徐徐流注体内。不知道他是调动了所有的感官，凝神于这一口酒的游走，还是清空了意识，让酒如同水流进大海一样流入他的身体，从女人的角度，看到的都是一具寂静的冬末春初的身体，仿佛在沙发上停止了时间。女人没有着急，她望向沙发斜上方，也是四面墙壁上唯一悬挂的物品，那只挂钟。十一点五十分，还有十分钟。

那一口酒流动缓慢，终究还是注入了男人的体内，润滑了相关的齿轮与机簧。男人站了起来，将酒瓶放下，他选了一张唱片放进了唱机。一阵轻微的唱针在唱片上滑动的吱吱声后，路易斯·阿姆斯特朗的声音响起，是*Go Down*，*Moses*。

男人站在那里听着合唱、独唱、合唱的交替交缠，一动不动。女人无法与男人的视线平齐，不知道他具体望向了墙壁上的哪一团洁白，是否从上面找到某个目光可以落脚的点，她更不知道男人在想什么。但是女人知道，这几乎是男人最爱的一张唱片，上面就灌注了这一首歌，是唯一一张他差不多每次只要放进去就会听上两遍的。

对。对。从一开始女人就知道，她使用“每一次”这样的词语是错误的，是在刻意营造延续的氛围，是潜意识里对“每一次男人都是新的”的否认、拒绝。可是那又怎么样？女人不在意。男人在意吗？她不知道，她甚至不在意男人对这一点的感受。毕竟，是她，这一切到最后都只是她在经受。

女人从短暂的受挫情绪中挣脱出来，听着这首她听了很多遍的歌。当阿姆斯特朗唱到——Yes the Lord said “Go down, Moses / Way down in Egypt land / Tell all

Pharaohs / To let my people go!”——的时候，女人禁不住在心里跟着哼唱起来，在最核心的那一句“let my people go”，她甚至张开了口，想要大声唱出来。但是，没有声音出来，只有一股液体顺着张开的嘴涌了进来，充满了她的口腔。好在女人有了经验，她迅速闭紧了嘴巴，喉咙也哽着，没有咽进去一口。然后女人像是挤牙膏一样，一口一口，一小口一小口，挤出了刚刚涌进嘴里的液体。就是这么一会儿，就是这一点工夫，女人感到心慌气躁，能感觉到心脏异乎寻常的猛烈跳动，并且像一台气泵正以收缩的力量在水里制造由小而大的涟漪。

女人不能让自己在瓶中无休止地制造事端，她鼓起所余不多的力气，手脚并用，拍打着更见黏稠的液体，再度向瓶口游去。这一次她双手已经无法撑住瓶颈，以让她的口鼻长久露出水面，但她在仓促间尽力呼吸了一大口，并且利用翻转的力量，让右耳再次露出了水面。

是的，她听到了未经液体过滤的钢琴声、鼓声，听到了阿姆斯特朗醇厚、磁性的声音。在此之外，她还听到了一声轻轻的并不完全与唱片上阿姆斯特朗完全合拍的清唱，Let my people go！——是男人的声音，没有什么可争辩的。女人为此感到宽慰，她愿意在瓶里再憋闷无比地多等待一会儿。

男人听完了一遍唱片，又站立了一会儿，他再次举起酒瓶连着喝了两口，然后再次让阿姆斯特朗唱了起来。这一次男人没有站着发呆，也没有百无聊赖地躺在沙发上，仿佛有人终于按下了他身上的使命键，他开始行动起来。

男人走过来，小心翼翼地用双手捧起四方的瓶子。瓶子举到齐他眼睛的高度，男人专注地在浑浊的瓶中寻找。短暂的因为瓶子移动引起的眩晕后，女人稳住了身体，她意识到男人在寻找自己，便不辞辛劳地双手贴着瓶壁绕圈挪动身体，并且始终摆动双腿，以保持贴住瓶壁的力量。转了一百多度之后，女人终于和男人正面相对了。离得太近，女人看不到男人完整的脸，男人的目光还是那样，单纯中透露出一点点懊丧，像个肩负重建世界重任但刚刚受了点伤害的大男孩。女人注视着男人，没有多余的动作、没有翕动嘴唇以引起男人的进一步注意，她脸上的表情也没有变化，她知道，男人的注意力不在这上面，他也没有时间、心思来捕捉她的表情变化，分析其中的奥义。

男人把瓶子往面前凑得更近了一些，确认了女人仍旧活在瓶内，没有受到任何损害之后，他捧着瓶子向盥洗池走去。短短的距离，男人走得非常小心，双手捧得紧也捧得牢，他既要避免瓶子一不小心落在地上摔得粉碎的大灾祸，也要避免再有液体漾出来，洒在地板上的小灾难。

到了盥洗池边，男人选定了一个最合适的位置，站好，仍用双手抓住瓶子，慢慢地倾斜瓶身。瓶里已经浑浊，开始黏稠，乃至有了一点凝固迹象的液体缓缓淌出，注入到四四方方的玻璃缸里。玻璃缸里的那些模型，小小的沙发、唱机、唱片、盥洗池、水龙头、盆栽植物、挂钟等都已经晾干，没有一点不该有的水分。男人倒入的液体浸润着它们，等待在某一个恰当的时刻给它们以新生的光亮。

尽管男人非常注意瓶身倾斜的角度，随时控制着瓶中液体流出的速度与量，但是玻璃的瓶壁太过光滑，衬得液体流淌带来的裹挟力量巨大，犹如山洪倾泻，无法阻挡。女人划动双手、拍打双腿，以蛙泳的方式拼命逆流向瓶底游去，也只是稍微减缓了自己向瓶口坠落的速度。不过这种减缓并没有多少实质意义，随着瓶内的液体明显减少，男人稍稍提高了一些瓶身倾斜的角度而完全消弭。

男人为了把瓶内的液体完全倒入缸里，不得不将瓶身倒竖起来时，他尽量照顾到女人的情况，没有陡然竖起来，而是尽可能动作轻柔、和缓，以让女人能够顺着瓶壁下滑，能够双手撑在倾斜的瓶肩上，以免脑袋堵住瓶口。女人当然知道，她可以倒过来，双腿分开踩住瓶肩两边，这能节省她本来就所剩无几的力气，更能避免因为倒立而来的不适。可是女人不能，她不但不能赤身叉开双腿，她还必须在倒立的时候保持双腿并拢。

无论多么艰难，女人总算和每一次一样，撑到了最后。随着最后一滴液体从她已然垂到瓶口外面的长发上滑落，滴进玻璃缸里，女人长长地嘘了口气。完全新鲜的空气充满了瓶子内，女人倒立在里面能清晰地听到从瓶口、从四壁传来的阿姆斯特朗的声音，那声音在瓶子里四处碰壁，汇聚成一股股震荡的声波，没用上几秒钟就嗡嗡嗡成了一片。

男人更加小心翼翼地将瓶子从倒立转过九十度，成为平行，再转过九十度，正立过来。女人终于可以安静地待在瓶底，在空气过分充足导致的危险到来之前，自由地呼吸一阵了。女人先是站立，双手垂着贴着身体的呼吸，随着眩晕加重，她走到一侧瓶壁前，靠壁坐了下来。这一次，女人双手交叉，挡在了胸前。

男人一直在默默地看着女人，他尽力控制着双手，不让它们颤抖，以免给瓶中的女人带来强烈的震动，更得避免瓶子落在盥洗池里摔碎，破坏玻璃缸。女人双手挡在胸前也是给了男人信号，他放下瓶子，拿起池子里的玻璃杯，拧开水龙头，接了一满杯水。男人一手扶着瓶子，一手持着杯子，杯口对着瓶口，杯子里的水沿着杯壁注入了瓶中。倒完一杯之后，男人又连续接了两杯，将三杯水完全倒进了瓶中。瓶中的水越来越多，瓶子倾斜的角度越来越高，第三杯水倒完之后，瓶子已经竖起来，垂直于盥洗池底了。

还在因为瓶子倾斜，水都聚在一角，可已足够整张脸都埋进里面的时候，女人就转过身子，面朝瓶壁跪着，将整张脸埋进了水里，缓解了完全暴露在空气中带给她的晕眩。等她终于在水中缓了过来时，倾斜的水面已经没到了女人的脖子，女人昂首站立，享受着不多的淋浴的舒适。等到水完全没过了她，女人一矮身，潜到水下，在瓶子里畅游起来。瓶子里的空间并不大，可是这一点点空间也够女人变换不同泳姿，痛快戏水了。

瓶子终于竖立起来之后，仰泳、蛙泳、自由泳，还有自创的龟泳、鱼泳、海马泳，女人都可以玩开了。这是女人每一次最自在的时间，短暂如同剃刀边缘一层薄薄的蜜，她必须小心又贪婪地享受，充分享受。女人知道，因为全身都在水下，她的所有泳姿都是潜泳，用名字不过是取个形似，不过这没有什么，能高兴就好，哪怕高兴的时间如此短暂。

新换上的水，完全干净、透明，没有一丝视线障碍，没有一粒可见的悬浮物。除了女人已经熟悉，已经习惯，已经离不开的一点点氯气的味道，水中没有任何异味。女人顾不上自己还是赤裸的身体，以手以脚为发力点，以腰以腿以臂为助力器，从瓶子的一壁游向另一壁，从一角弹射向另一角，从瓶底浮向瓶肩，又从瓶肩坠下瓶底。女人每一次在水中纵横、游弋，她那一瀑及腰的黑色长发都在水里垂直、弯卷，像是一丛生命力旺盛的水草，在水中情不自禁地开花。看女人戏水的兴致，会以为她只是个十岁左右、玩性最重的小姑娘；看女人在水中自由来去，毫无拘束的身手，又会让人以为她天生就是这瓶中的居民，瓶子就是她天然的领地。

女人知道，身体里面没有任何之前液体的残余，可是在水中或快或慢、或上或下的时候，她还是打开了身上的所有毛孔，无一遗漏。她不只是想要用毛孔尽可能多地将水中的氧气滤出来，送进体内，她还想以过滤的形式将身体清洗一遍。至少在心理上，她以此洗去了之前液体留在身体上的影响。

男人看了看挂钟，余下的时间不多了。女人想必也尽了兴。他再次双手捧住瓶子，以同样的谨慎一步步离开盥洗池，走回地毯上。在地毯的正中心，是由同样大小的一个个小格子织成的火焰图案。男人先是弯下腰，将瓶子放在地毯正中心，随后他跪了下来，如同挪动地球的位置，或者如同挪动刚刚睡熟的婴儿，一点点地挪动瓶子的位置，直到瓶子底部的四条边缘严丝合缝地覆盖住那个同样四四方方的火焰图案。

男人松了一口气，从衣兜里掏出一块手帕，半蘸半拭地擦去额头的汗，不让一滴汗水跌落在地毯上，更不能让半个汗水分子落进女人所在的瓶子里。放回手帕后，男人保持跪姿，双手与瓶子等距、平行。男人慢慢地垂下头，面孔如巨大的云团向下靠近瓶口，男人的双唇也微微噘起来，进入了瓶中。男人的唇几乎完全占据了瓶口的空间，离瓶中的水面只差几毫米。

在男人跪下来，向瓶口靠近的同时，女人也停止了嬉戏，她以缓慢到几乎辨别不出的速度向瓶口游近，以免激起任何可能的涟漪。她还是比男人先到瓶口，便手脚并用，像是趴在实际是倒扣在一侧瓶肩上。男人以唇占据了瓶口后，女人手脚并用，力气用到最微弱、最不可见地游向瓶口。

女人完全仰浮着的脸贴着瓶口露出水面，她也噘起嘴唇，在男人的唇上触碰了一下。两张面孔的距离也仅仅够双唇这样的接触，如果女人伸出舌头，还能碰到男人的唇，但是女人没有这样做，这固然有女人的矜持在内，但更有对于未知的恐惧——女人从来没有用舌头触碰男人的唇，她不知道那样会带来怎么样的变化，说不定就是无法收场的恶果。

男人和女人的双唇这样触碰时，这次屏气敛息的并不对称的亲吻进行时，墙上的挂钟响了起来。没有清脆的声音报时，挂钟持续地以清楚的传遍屋内的当当当响够了十二声。钟声一停，女人在水下一个反转，贴着瓶肩、瓶壁，到了瓶子下面的一个角，她在角落里坐下。男人双手扶住瓶子，双唇不造成任何动静地退出了瓶口，然后男人再双手撑着地毯，站起来。

男人弓着身，后退着一步一步离开地毯。离开地毯后，他转过身来，几步走回开始的角落。这一次男人没有再放唱机，他挪开唱针，取下唱片装进盒子，和其他唱片摞在一起。做完这些，男人再没有任何眷恋，也没有任何停留，他在沙发上坐下，拿起条桌上的酒瓶，仰起头不歇气地喝光了瓶子里的酒。

男人把空酒瓶往条桌上一放，双手垂下，歪着头，在沙发上睡着了。

女人在角落里坐着，看着男人离开、取唱片、坐下、喝酒、睡倒。透明的水略微折射了所见，对于所见的进行却并无损耗。男人睡着后，女人又坐了一会儿，体会着瓶内有限的寂静、瓶外无边的空寂。然后女人站起来，她双腿一蹬，再度游到瓶口，她以刚才和男人亲吻的姿势，再度趴在瓶口，将嘴巴露出了水面。

女人调整了姿势，均匀了呼吸后，心神一致，平缓、有力地吸了一口长气。房间内所有的物品都受到了这一口气强大的吸力，开始摇摆、晃动，紧接着，空调、花盆、条桌纷纷向着瓶子移动，移动的动静并不大，也不发出丝毫尖锐的声音，就仿佛它们都在一瞬间装上了滑轮或者被放在了冰面上。这些物品到了地毯前面停了下来，好像地毯是无法逾越的界限，是一堵无形的墙。

女人停了一下，再次调整呼吸，吸起了长气。那盆三角梅上的紫红花朵感受着吸力，纷纷从枝头落下来，向着瓶口飞来，它们只是在瓶口稍稍耽误了一下，便以调整好的紧密衔接的顺序飞进了女人的口中。花朵之后，再没有物品被分解，也没有在瓶口耽延的情况出现。花盆连盆里的泥土、花木，空调连同插线，条桌连同桌面上的唱机、唱片、酒瓶，统统从瓶口进入了女人的口里。女人的动作、表情、身体没有受到这些物品的影响，它们就像空气中的某一种成分，一口长气进了她的身体里面，被留了下来。在她呼出的气体里面，看不到这些物品的残余，唯一可见的，是随着女人吸进体内的物品增多，她身体周围的水受到浸染一样，有了颜色。一种纯然的不可逆转的黑色，以无法计量速度但是同样不可逆转的方式，由女人身体向外扩散。很难判定这是不是通过皮肤，由女人体内向外排出的黑暗，因为女人的身体始终如一的白皙。

女人总算找回了感觉，她长出了一口气，旋即吸了更长的一口。盥洗池在这口气中摇晃着从墙上脱落了，盥洗池、水龙头，盥洗池里的玻璃缸、玻璃杯，一股脑儿地飞到了瓶口，飞进了她的嘴里。女人盯着沙发上熟睡的男人，目光中盈满了怜悯、爱惜，口中却没有一点儿踌躇。男人从沙发上翻滚下来，跟在沙发后面跌跌撞撞向瓶子飞来。女人以让男人单独进入她口中的方式，回馈了刚才那一个吻。

在男人进入她口中，女人双眼对到一处，快成了斗鸡眼也再看不到男人身体的任何一部分，从而肯定男人完全消失在自己口中时，女人自己都不知道，有两滴泪从她的眼中滑出，消失在水中。

女人再一次张开嘴，这一次她将墙上的挂钟、身下的地板、房顶上的吊灯一并吸进了嘴里。吊灯的消失让房间漆黑一片，不过这没有停止女人的动作，反而加快了她吸气的力量、延长了吸气的时间。房间的墙壁、天花板、地板、防盗门都卷起来被她吸了进来，然后是楼梯、电梯、楼上楼下，整片小区。

只有那张地毯还在原地，还将女人和她的瓶子从其原本置身的小空间转移出来。现在，地毯落在空旷的地上，置身于繁华的城市，借助城市的灯火，可以看到瓶中的水已经有一多半被黑暗浸染。这黑暗还不那么彻底，视线穿过它也不会被完全挡住，只不过给经由它看见的世界垫上一层浅浅的黑底。

女人没有花多少时间来适应陡然开阔的世界和视野，她依旧仰面冲上，扒在瓶口。再一次吸纳乾坤的一口气后，整座城市翻卷着进入到了她的体内，紧随其后的是大片的建筑、山川、河流、沙漠、原野，人工建造的一切、自然遗留的所有。等到女人这一次停下来，地毯不再是落在什么上面，借助什么之力，而是纯然地飘浮在空中，悬在宇宙间。

瓶子的上方，双眼所向的地方，并没有耀眼的阳光直射过来，而是圆形的黑盘一样的月亮挡住了它。女人身体的两侧则是微弱但是谁都遮掩不了的星光，在她注意不到的，被地毯挡住的下方，同样是星光。在光线之间，则是蓝到发黑或者说黑到发蓝的虚空。

女人一鼓作气，长鲸吞海一样一口气吸进来，月亮、太阳、星辰、星际尘埃，创造这个世界所产生的一切物质与能量相继进入她口中。那些因为永恒燃烧而烈焰炽炽而光芒万丈的天体在飞过来的时候，照亮了这个悬浮在物质世界内又超然物质世界外的方形瓶子，瓶子内的水已经黑成了一个整体，黑得很难再用水来称呼，而只能称之为液体。最后一点微弱的光芒消失前，女人换了一口气。这口气她带上了满腔的柔情，带着对这个被她吞没的一次性世界的全部情感，轻轻地吸了一口。托着瓶子的地毯飘荡起来，紧随着最后的光芒进入了女人的口腔，进入了女人的腹中。

这下，女人完全只存在于她的瓶子里了，瓶子外面再没有物质，连外面这个概念都没有了。瓶子在那里永恒静止，或者在那里永恒下坠。无论静止或下坠，瓶子都有速度，黑暗的速度。这黑暗不可以用时间来计量，直到瓶子再一次咚的一声。

重重地落在地毯上。

长久空缺的吻
和她的两次发作

游戏规则：顺时针为序，在座者轮流站起，做一描述，或为事项或为特征，描述者本人必须符合描述内容。众人自觉对照描述：符合描述者有两人以上，则站起喝一杯酒；仅描述者本人符合，则他（她）连喝三杯。

轮到的描述人：近四十岁的女人，短发、圆脸。

她的描述：三个月内没有和异性亲吻的人。

插曲：包间门被推开，服务员引进一个男人。男人留着板寸，三十岁出头，一副黑边眼镜。除了站着的女人，房间内另外八人一片欢声，大声喊的，挥手招呼的，就近拍拍手臂的，热闹非凡。

男人说："不好意思，迟到了。实在太堵了。"说完在仅有的空位上坐下，空位与女人隔着三个座位。

另一个男人说："不好意思有什么用，自罚三杯！”

“该罚，该罚。”男人说完，拿起分酒器，倒满面前的小酒杯，左手端起酒杯一口干掉。如是者三，众人叫好。有体贴的让男人先吃点菜，有热心的叫服务员拿菜单，让男人再添几个菜，都被男人止住。站着的女人想要坐下，犹豫了一下，仍旧站着。

“对不住，让您罚站了。我叫郑禾，禾苗的禾，不是三宝太监那个和。”男人说完，再度倒满酒杯，站起来向女人敬酒、致歉。

有人起哄：“不是那个和，但是不是太监我们就不知道了。”

郑禾冲起哄的邪笑道：“要不你验验？”

还是那人：“验就免了。你连白洁都不认识？！太不应该了。”

郑禾：“不应该，不应该。久仰久仰，一直没机会认识，今天终于见到真身了。我干了，您随意。”

“别，别。”白洁没有拦住，也只好干了杯中酒。

“又在玩吧？！看来该白洁说了，玩起来玩起来。”郑禾见白洁没有坐下，说。

白洁重复描述：三个月内没有和异性亲吻的人。

桌上反应：场面一瞬间冷了下来。有人若有所思，有人若有所失，有人嘴角含笑。大多都低眉注视着眼前的碗筷碟杯。没有人站起来。

郑禾的反应：快速看了白洁一眼，扭动了一下身子，然后也低头注视着面前的酒杯。

白洁的反应：吃惊地环视一周。说："哇！你们太厉害了。我说的是异性啊，你们要不就是有情人，要不就是和家里那位感情太甜蜜了。我太佩服了。"

说完，喝了杯中酒。然后倒上，再喝了。再倒上，再喝了。

酒的品种：桌上开了两瓶十年的五粮液，一瓶半已经倒进了分酒器。一瓶十二年的芝华士放在桌子中间，还没有来得及打开。一瓶智利的红酒倒在醒酒器里面，正醒着。

桌上反应：众人松了口气，或者仿佛有人把节奏往回调了调，桌上恢复了先前的气氛。

"白洁，听你说得像个无性婚姻的受害者，看你的样子不像嘛。"一个人说。

“你看不起我们白洁啊，三十狼，四十虎，这个年龄无性婚姻，过着还有什么意思？还有什么理由勉强在一起。”另一个人说。

“喂，我说的是亲吻，不是性。这是两回事吧，性当然有，还不是例行公事。在座的结婚三年以内的举手我看看？”白洁说。

只有郑禾举手。

“你现在还和你爱人亲吻吗？亲在脸上不算，不湿不算，不深不算。还有吗？”白洁问，见郑禾点点头，又问，“那你们频率高吗？还能像谈恋爱的时候、刚结婚的时候那样吗？”

郑禾：“这个，当然没有。不过现在都很忙嘛，有时候一忙就忘了这事了。但大多数时候，在床上，做爱的时候总是要亲吻的，做爱不亲吻也太奇怪了吧。”

“你看看，到底还是结婚不算太久，还说得出这样的话。要不了多久，你就会觉得和一个天天生活在一起的人还要亲吻才奇怪；一个人，你对他的了解超过了对自己的了解，这个人的舌头伸进你的嘴里，舔着你的牙床、搅拌着你的舌头，咬着你的上下嘴唇，这本来就是一件很奇怪的事。只有人类才这么做，所有只有人才去做的事不都有点奇怪吗？”白洁说。

“白洁，你是不是在拿我们做调查，为下一期专栏找内容啊？玩游戏就好好玩游戏嘛。”一个女人嗔道。

“亲爱的，做做调查也没什么嘛，专栏内容也可以写写，不过内容还用找吗？一抓一大把。”白洁看着那个女人，“你和你们家老陈现在还亲吻吗？”

“亲什么亲？他现在和我的状态基本上就是，我在家的时候他不在，他在家的时候我不在，这样还挺好的，简直就是我以前想不到、现在最想要的理想婚姻。”

“欸，欸，”挨着白洁的男人说话了，“别搞得都跟怨妇似的好不好？刚才除了白洁，谁也没有站起来嘛。既然都还滋润着，还有什么可以抱怨的。这样吧，我借白洁的话，出我的题，我们来验证一下谁撒谎了。符合条件故意遮掩不站起来的，逮住了怎么办，这个纪律就不用我重申了吧。”

男人的描述：有情人的。

白洁补充：应该说有情人或者有过情人的。

男人重新描述：对。有情人或者有过情人的。嘿嘿，有过也就是这三个月以内的事。

插曲：一个女人做了一番简单推理，说："不能这样说吧？这个问题和白洁的问题不能覆盖所有的情况。你们男人又不是只和老婆或情人亲吻，不是还有那些地方，还可以去找小姐嘛。"

众人笑。另一个女人说："你这么一说，他们还不得都站起来，承认有情人总比承认找小姐要有面子。"

众人再度笑起来，男人们尤其笑得欢。

刚才做推理的女人："这个游戏本来就是靠自觉嘛。反正有些人的情况我是知道的，要是不老实，我就揭发出来，让你连喝五杯。"

做描述的男人："也不是非要和白洁的描述一起覆盖所有的情况，大家各自看吧。有情人或者有过情人的。"

结果：除了白洁和郑禾，其他人都站了起来。又是一阵起哄，站着的人一起喝了一杯。

现场："郑禾，你不会吧？装什么装啊？谁不知道你多情，居然不站起来。"一个男人说。

"有什么可装的？我确实没有情人啊。我虽然多情，每一次、每一段都是认真在谈恋爱。没办法，哥们儿还爱得动，当然要享受恋爱的感觉了。”郑禾说。

“得啦。你那长则三五个月，短的恨不能三五天，那也叫恋爱？！”

“也不是，这中间，还是有一个两年，一个六年的。情人啊，小姐啊，都不是我的菜。我就喜欢谈恋爱，不行啊？！谁规定是不是恋爱还得用时间为标准来衡量一下？那你说多长时间就算恋爱？一年？那十一个半月算不算？也算，对吧？那十一个月算不算？也得算对不对？再这么减下来，别说三五天，三五分钟都算。所以，恋爱和时间真没关系。只要对上眼了，小心脏扑通扑通猛跳了，都是恋爱。最多最多，也就再来点身体标准，比如说，吻了算或者办了算，这个当然不是标准，不然哪里还有什么柏拉图式的恋爱？可是吻和办毕竟可以划出界限来，可以分成已经和尚未，又符合刚才这两个话题，那就算吧。”郑禾说。

“你快把我给绕晕了，不过依照你说的吧，可以这么算。”那个男人说，他的话头又指向了白洁，“白洁，你从来都没有情人吗？”

“我相信白洁没有，你不知道，白洁和她先生是高中同学，相识相恋相爱差不多二十年了，是我们大家都羡慕的神仙眷侣。”一个女人替白洁解围。

众人话语唤起的回忆一：白洁抓住经过三个人传递来的纸条，折成纸鹤的纸条有一只翅膀已经耷拉下来。她把纸条捏在手里，抬头望了望英语老师，他正在讲过去完成进行时的一个例句，嘴边的白沫都顾不上擦掉。白洁小心翼翼拆开纸鹤，将它铺平在课桌上。

“白洁！”英语老师忽然喊了一句，白洁吓了一跳，茫然地抬起头，正迎上英语老师的目光，那目光直直地射过来。白洁站了起来，她脑子有点混乱地快速运转，如果英语老师让她上交纸条，该怎么办。要不要塞进嘴里？那太脏了。她有点想呕。如果他冲过来抢夺呢？

“白洁，你上来，翻译一下这句话。”英语老师说着，在黑板上写下——她已经等了二十年。她仍在等待。

白洁松了口气，她拿过英语书，压住纸条，起身走向讲台。虽然有点磕磕绊绊，她还是顺利地照着老师的例句，写下了——She had been waiting for twenty years. She was still waiting.

回到座位上，纸条安静地待在英语书下面。

“做我的女人！！”上面就写着这么五个字，两个大大的感叹号像是两朵含苞的玫瑰，字的下面画着那条仰天嘶叫的狼，她熟悉得很。

现场：“哦，白洁，那我对你的情感专栏就要表示怀疑了。你说你在感情状态上这么纯洁，怎么能回答那些复杂的问题？！情人、出轨在你的专栏里面都是最小儿科的吧？我还读到过几人行的，齐人之福的，还有要不要出柜的，连姐弟恋——注意啊，是真正的姐弟恋——SM技术探讨这些读者问题都有，你每次都沉稳接招，旁征博引、头头是道，另外还设身处地，深有同感，我还以为你一定是实战经验丰富呢！”还是那个男人。

“我相信白洁的专栏，理论和实践毕竟是两回事，像你这样的实践派，估计什么都尝试过，既出轨又出柜，忙得不亦乐乎，哪儿还有时间静下来反思一下，看看自己身处什么情景、什么情状啊？自然是当局者迷了。白洁正是因为没有那么复杂的经历在里面，才有了充足的时间来了解、思考感情迷局，才能在专栏里面指点迷津。再说了，任何文字只要写出来就有确定不疑的一面，就算你瞎说一通，只要正对了寻求解答者的症状，就能药到病除，去除心病。强求指导者的经验者，未免过于胶柱鼓瑟了。”一个男人说。

“我是替白洁可惜。人生这么短暂，盛年更是一弹指就过去了，为什么要自设牢笼，把自己拘在誓言的幻象里？一生只爱一个人，一年只看一朵花，这当然令人神往，境界高妙。可是背后不也有无数个独自饮泣的夜晚？那又何必呢。你看看，刚才两个问题，只有她先站后坐，这说明什么？说明白洁有了索然无味的现在，却没有可堪安慰的过去，更没有意料之外的未来。凭什么？人的一生凭什么要以这种方式度过呀？我们都是凡人，凡人首先需要照顾好自己的七情六欲，它们才是凡人存在于世的证据，才是凡人心安的根基。”刚才那个男人又说。

众人话语唤起的回忆二：大三那个国庆节，10月7日上午，白洁在北京站送他乘回南京的火车。一路上，两个人都不说话，想说的这几天都说了，现在只有再一次分离的不舍。进了站，在候车室两个人紧挨着坐在一起，又紧紧拉着手经过检票处，像跑一样走到车厢前面，在那里站着。

“你放心吧，我明年一定考研考到北京来。放心吧。”他一再重复着已经说了很多遍的“放心”，然后两个人就那么手拉着手，你看着我，我看着你。

忽然，在匆匆忙忙走向车厢的人流中，他两手捧住白洁的脸，深深地吻住了她。吻住了她的唇，她的舌。

这几天在校园里也有机会吻过几次，但都是点到为止，现在，大庭广众之下，他这样的举动有点惊着白洁了。白洁先是大睁着眼睛，看着他几乎完全覆盖过来的脸，看着他闭着的眼睛，他的睫毛几乎要扫到她的眼睛。随后，她像是被催眠一样，也闭上了双眼落进了旋涡里面。就是那一个吻，让白洁没有来由地觉得，自己从一个女孩、一个女生，变成了一个女人。

插曲：一个男人站起来，满上一杯酒，举杯说：“对不起大家，我还有点事，要先撤了。我干了，你们随意啊。”

一个女人不答应了：“那怎么行？不是说了晚上大家好好聚一聚嘛。怎么能临阵脱逃？！”

“对，对，不能走。”

“情人在召唤了？看你急成这个样子。她越急你越得给晾着，不能惯这毛病！”

“问题不在这儿，不是一个情人在召唤，是几个情人，还拿不定主意该去谁那儿呢。”

男人笑了：“我错了，我错了。确实公司有点事，老板一直催，本来确定下周一的事，合作方有点状况，希望明天就进入谈判。我得赶回去准备材料，估计今晚上都睡不了了。”

“那行吧。我同意了。不过得大家都同意，有一个人不同意就不能走啊。谁不是一堆事啊？每年今天咱们不都是死约嘛！”一个男人说。

“这样吧，我们也不为难你，人可以走，酒不能少喝。你呢，向男士敬三杯酒。女士呢，就用红酒敬一下，多少你看着办。大家跟你喝，你就可以走了。”一个女人说。

“好，好，好。”男人笑着说，干了刚才那杯酒，又倒了一杯白酒，喝下去。第三杯他挨个和男士们碰了一下，喝干。然后他拿起醒酒器，找了一只高脚酒杯倒了半杯，又举起杯子说，“各位美女，对不住了，实在事出意外。谢谢，谢谢！”

女人们都很大度地站起来和他碰杯，一个女人还说“你喝慢点”，另一个女人听了娇嗔着接了句“知道谁疼你了吧”，嘻嘻哈哈中，男人一口喝完了高脚酒杯中的红酒，拱了拱手，穿上外衣走出了包间。

现场：那个男人走了后，场面一时有点冷清。一个男人提高了音量说：“来来来，玩起来。咱们这样啊，接着说，到郑禾这儿刚好一圈结束，那等郑禾说完，我们就进入下一个环节，各自为战。”

与郑禾隔着一个人的男人，站起来说：“第一次不是在室内，不是在床上的。”一共五个人站起来喝酒，郑禾在内，白洁不在内。

挨着郑禾的女人，站起来说：“十八岁之前失去初吻的，那时候可能不懂那么多，嘴唇亲上了就算。”一共八个人站起来喝酒，白洁在内，郑禾不在内。

省略了的：众人的相互调笑、盘诘，对于第一次究竟发生在哪里的追问，进而问题又推进为“迄今最刺激的地方”，答案五花八门，有办公室、教室、汽车内、天台、景区最高处一棵大树上等等，紧接着又是细节，包括怎么既想引人注意又不被发现，怎么在这些刺激的地方延长时间。

以及和吻有关的纯情、美好得如同阿司匹林一样的初吻细节，亲吻的环境、记忆及其唤醒的反应。

现场继续：一番喧腾之后，众人终于安静下来，等待着郑禾的描述。

郑禾描述：和同性深吻过的。不管什么时候，但是必须又深又湿。是否唤醒了身体的什么反应，就放在心里吧。

桌上反应：一阵喝彩声、尖叫声，夹杂着一两句“郑禾你太狠了”的笑骂。郑禾笑着站在那里，右手食指逐一点过，“你，你，还不站起来！”每点中一人，就引起一阵哄笑和吵闹，被点中的欲迎还拒、欲拒还迎地赖在椅子上，挨着的人就上去推、拉、抱，然后才是笑得要瘫在地上似的摆手，或者软着身子站起来。

到了白洁，郑禾手指点了一下，没有说话就要移开，却见白洁站了起来，郑禾一乐，继续往下点。最终，一共有七个人站在那里，大家一起喝了一杯。

“大家的生活都很精彩嘛！”一个男人说。

“哎呀，我这几十年真白过了！”一个女人说。

“这好办，我现在就能帮你去除这个遗憾，弥补一下你白过的几十年。”一个刚才喝了酒的女人说。

“好，待会儿我跟你走。”那个女人说。

“不行。”“不行。”“现场。”“现场。”“来一个。”“来一个。”鼓噪声不停歇，喝了酒的女人站起来，走到那个女人身边，揽住她的腰，两颗脑袋重叠在一起许久，也不知道是真的吻上了，还是仅仅借位表演。反正意思已经够了，足够把气氛更推进一步。

“之前谁说白洁可惜了？自己站出来喝三杯。你不知道吧？白洁生活这么精彩。有了这还愁什么专栏写不了？！你们简直是杞人忧天。你们这些人还在为一日三餐发愁的时候，白洁早就在担忧夜宵营养过剩了。”一个男人旧话重提。

“哎！也不是。”白洁满脸通红。

“咱们就不要穷追猛打了嘛，自觉站起来喝酒才是王道，要是每次都这么追问下去，再问就没有人敢站着啦。”郑禾打算为白洁开脱两句。

“郑禾，你别急，要喝酒也要追问，这是老规矩，年年如此，你第一回参加，不知道而已。”一个男人说。

“郑禾这明显在袒护白洁嘛！郑禾，老实交代，你和白洁是不是第一次见啊？感觉你俩像是有那么一小腿似的。”又一个男人说。

“第一次，当然是第一次见了！我对白老师那可是仰慕已久，但要说有什么，那可真的没有。我对白老师敬若天人啊！”郑禾说。

“得了吧，你一口一个白老师，谁信啊！白洁，你说说。”又一个男人说道。

“你们这些人，真是想象力匮乏。”白洁不明所以地说了一句，“你们不是要追问嘛，我告诉你们。很早以前的事了，那时候懂什么，连性别意识都没有，每个人都是雌雄同体的，看见自己喜欢的人，不管是男是女都想亲近想亲热嘛。和一个初三的姐姐，那时候我初一，那也是我的初吻。那姐姐，一个词就可以形容，英姿飒爽，实话告诉你们，我后来就没见过这么英气逼人的人，不管是男是女。再说一句伤你们心的话，我后来就没有过那么美好的吻。”

“白洁，亲女人和亲男人一样吗？是不是亲了女人就再也不想亲男人了？！我听gay蜜说，和男的亲热之后完全不想去管女人是什么物种。”一个女人说。

“差别不在这里吧，男女有什么要紧，重要的是这个人你喜欢，你想和他在一起，一天不见就百爪挠心。虽然在那以后我再也没有和女的亲热了，可是我知道，我亲的人是男是女不重要，重要的是我能在抱着他、在他怀里的时候，或者他在我怀里的时候，感觉到自己是一个人，有血有肉有骨架有心脏有灵魂的人。所以，你们也不要太局限于性别和其他外在的东西，重要的是那种感觉，是两个人紧紧抱在一起的感觉。我后来没有再和同性亲热过，不是我长大了，明确意识到自己是女人，对同性有了肌肤相亲的排斥，是我周围的环境、人和事意识到了这一点，给我隔开了这么一道藩篱，让我在女人的界限这边。当然，这也没有什么好遗憾的，我只是想说，如果有机会，那倒不是事，也不应该成为事。”白洁说。

“好好好，白洁这番话为今年的游戏完美收官。来来，大家一起喝一杯，接下来进入混战时间。”一个男人说。

混战情况：以各种方式捉对厮杀。通常喝一杯，也有兴起喝三杯的，甚至有对饮一分酒器的。

战果：桌上现有的两瓶五粮液喝光后，郑禾出去把他车后备厢里的两瓶茅台拿过来，连同之前的芝华士、红酒，全部干掉。十二点一刻，结完账走出酒店时，所有人都有点步履蹒跚。

后续：出了酒店，冷风一吹，所有人都恢复了一点短暂的清醒。一个男人指着斜前方一家烧烤店，说：“再去整点吧，该下半场了。”

有两个女人准备要走，被连劝带拉地裹挟进了烧烤店。其实已经没有什么战斗力了，大家坐在那里，目光茫然，不知道该望向哪里。上了两箱啤酒，都打开了，实际上却只是人手一瓶，浪费了好几瓶在箱子里。

不管是直接对着瓶子吹，还是倒进杯子里小口抿，也就两三个人喝完了一瓶，其他人都看着啤酒在醒酒。

坐了一个多小时，勉强把烤的东西填进肚子里，也不知道谁带的头，大家纷纷站起来，往外面走。

道别：“明年再聚啊！明年咱们换个话题，小清新一点，不要这么重口。”总结之后，大家道别，招手打车、呼叫快车，脸上都浮着浮肿的笑容。

“郑禾，你住丽泽桥那边吧？”一个男人问道。

“对，挨着四环不远。有和我同方向的吗？我已经叫了代驾，几分钟就到。”郑禾说。

“正好。白洁和你顺道，你负责把白老师安全送回家啊！”

“好。白洁，我送你回去吧。”郑禾说。

没一会儿，代驾到了，上了车告诉司机方位后，白洁和郑禾冲还在等车的几个人挥了挥手。

车上：两人在车上的位置有点奇怪。为了避免一路上回头说话的别扭，也出于尊重，两人都坐在后座，这没有问题。郑禾为白洁拉开车门，礼让女士优先的绅士动作，则将先到的白洁让到了里面位置。车开了一会儿之后，白洁意识到了这一点，要不了多久还要麻烦郑禾下车为自己开车门，这让她有点焦虑。这轻微的焦虑引发了两个更小的焦虑——她忍不住总想拉开自己这一侧的车门，她也总想和郑禾说点什么，提前缓和一下不久就会到来的劳烦尴尬，偏偏有了这样的想法更让她仓促间嘴笨舌拙，便只好报以沉默。

郑禾受到酒意的催逼更为强烈，不少不成系列的零零碎碎的念头在他脑子里浮沉，它们大多围绕刚才聚会上白洁的言语生发，任何一个他都想追问，任何一个又都不适合向一个刚刚认识的女性提出。“你和你先生现在关系怎么样？为什么会出现这些问题？无论如何，三个月（现实中多半更多）都没有亲吻是不正常的。”“从你说的情况，你的婚姻并不美满，并不让你心安，那你有没有至少有那么一刻，想过和另一个人结婚会是什么样？”“那个初三的女孩，就是夺走你初吻的那个女孩，你们后来有联系吗？”这些好奇心抓挠下的问题，无一不是在刺探隐私，就算对方是一个写了近十年情感专栏的作家，也必须在心里压制住。压制这些问题同时又压制住了普通寒暄，郑禾便也陷进了沉默当中。

街景：深夜的北京交通畅通，汽车以接近限速的速度在大街上疾驰，很快就在朝阳门上了东二环，直奔南二环。灯光璀璨，树木挺拔。再往上，夜空透出霓虹干扰不净的暗蓝。

突发状况：相对沉默中，郑禾的左手鲁莽地没有任何征兆地抓住了白洁搁在膝盖上的右手。白洁往回抽，没有抽出来，两只握着的手停在了她腹部。隔着毛衣和外套，这个位置谈不上敏感，可在心理上多少给人感到是白洁引导至此的结果。白洁继续扭动手，仍然挣不脱，左手也伸过来帮忙，抓住了郑禾的左手。

“就让我握一会儿吧。就握着。”郑禾说，声音里只有一点点央告，余下就是平静，表明这个动作并无前传也无后续，不包含也不导向不受欢迎的情欲。

白洁怔了一下，拿开了左手，任随右手被郑禾攥住。两只手就像两个互相支撑的支架，干涩地停在白洁的腹部，没有温存的动作，没有互相的致意与抚摸，一点点衍生情状都没有。两个人更加无话可说，各自望向窗外，事物向后退去。

郑禾的动作唤起的白洁的记忆乱流：放学回家的路上，下了公交车，照例要走过那条三十来米长的地下通道。那天刚刚走到通道入口，一条大金毛狗从里面蹿出，向两人扑过来。几乎就在同时，金毛脖子上的狗绳扯住了它，看起来金毛也毫无恶意，还冲着他们不停地摇尾巴，白洁还是吓得紧紧抓住他一只胳膊，而他瞬间漂移一样挡在了前面也让她感动得不行。进了通道，她就主动牵住了他的手，那是两个人第一次牵手。

他践行了誓言，研究生果然考到了北京来。通知书送到南京的时候，她也到了南京。还是在火车站，这一次是他接她，两个人一见面就抱在了一起，她高兴的尖叫让一起下车的乘客侧目，有些人甚至驻足围观。她不管这些，抱完了和他一起向出口跑去。他们是牵着手的。

她的手被爸爸牵着，交到他手里，他们一起走上婚礼的典礼台时，是牵着手的。

她躺在产床上，连自己喉咙里发出了什么声音都不清楚，他说的什么就更是不清楚了。她的目光只是直瞪瞪地望向上方悬挂的无影灯，医生、护士的脸在她眼前来回，让她总是怀疑刚才睡着了，现在没睡醒。她记得，她的右手被他当稀世珍宝一样握着。

现实：记忆乱流的间隙，白洁仍然没有忘记告诉代驾司机在菜户营桥前出二环，然后右转、左转、右转、左转，一系列动作后，到了她家所在的小区门前。

郑禾松开白洁的手，推开车门，先下了车，拉着车门，让白洁也下了车。两人站在深夜里，互相看了一眼，又别开头，沉默了两三秒钟。

“谢谢你。再见。”白洁说。

郑禾跨上一步，双手抱住白洁，在白洁还来不及反应之前，吻了上去。他的两片薄唇盖住白洁的嘴巴，他的舌头像一条鱼一样探出来，想要在她的双唇间找到缝隙，钻进去，游起来。

她的第一次发作：白洁一阵摇晃，避开了郑禾的嘴唇、舌头，也避开了它们的跟踪而至，她使出了浑身的力气，挣脱了郑禾铁箍般的拥抱。白洁退后一步，望着郑禾；郑禾也望过来，眼睛里面是燃烧的火。

这火像是抛在了白洁的身上，灼痛了她，把她从回忆中痛醒，也灼退了她身上的酒意。她惊慌地张望了一下四周，街灯、街道都以深夜那恰如其分的冷淡旁观着一切，一个女人莫名其妙地推着一辆自行车从一旁走过，她仿佛感知到了什么，从离得还有十米远的地方突然就拐到了道路的另一侧。而小区门口那个高个子、有两颗虎牙的保安，以往她每次出入小区，他都会咧嘴一笑，露出虎牙，现在他愣愣地站在原地，像是找不准咧嘴笑的准确时机，又像是在判断眼前这对男女究竟是什么人、什么关系。

这时候，郑禾不知道得到了什么指令，跨上一步，再度伸手搂住了白洁，脸再度压了上来，嘴也再度凑了上来。白洁伸出右手，挡在郑禾的嘴上，郑禾的嘴就那么贴着她的手向前推进。白洁左右躲闪，仍然眼看着就要被他亲到吻到。情急之下，白洁五指张开又并拢，捏住郑禾的双唇，如同拉拉链一样自左移到右。郑禾的双唇就这样被闭合到了一起，接着闭合的痕迹消融为一体，就像是墙上的痕迹被油漆抹过一样。郑禾的嘴巴消失了，只剩脸颊一样的一块肉。

白洁看着郑禾已无口可开的样子，在他茫然大于惊恐的目光中，转身离开。

现实：白洁进了小区，进了自己那个单元，上了电梯，掏出钥匙，打开门。他果然还在书桌前工作。

白洁关上门，走到书桌前，啪的一声合上了他的笔记本电脑。

“回来了？”他抬头看了一眼，夸张地闻了闻，“真没少喝！”

他伸手去打开笔记本，白洁再度给他合上。在他有所反应之前，她分开他的双手，扑上去搂着他的脖子，吻了上去。他左右摇摆脑袋，她索性抱住他的脑袋。脸对着脸，唇贴着唇；脸蹭着脸，唇咬着唇。他双手合拢，猛然搂住她的腰。坐在椅子上也不妨碍他微微一扭腰，便处于上风。

她已经闭上了眼，已经放弃了强势，但她的舌头仍旧如向导一样，寻找、引导他的舌头进入她的口腔，与她的舌头缠斗。

用了好几个回合，她慢慢迎回了在长久空缺中已经淡忘的吻的滋味。为了这漫长的心理时间，她要在再度沉醉前短暂的瞬间看一看他。她从来都是闭着眼，从来不知道他在吻中沉浸的模样。

于是她睁开了眼，于是她看到了他睁着眼。从他脸上的平静，从他有点乏味的专注上，她明白，他一直睁着眼的。

她的第二次发作：四目相对，他吃了一惊，舌头被定在当场，人也木在现场。他意识到了自己被抓了个现行，一半出于愧疚一半出于补救，闭上了眼睛，嘴巴采用了猪的动作，往前拱来，准备拱到片刻前他还心不在焉的珍宝。然而他受到了冷遇，他的嘴唇、牙齿、舌头都触到了冰冷的墙壁一样的她，因此他就坡下驴地睁开眼睛，看了她一会儿，讪讪地又有几分恼怒地说："你干吗啊？！"

白洁愣了愣，她的双眼和他的双眼离得这么近，她的脸和他的脸挨得这么紧，而他的双手还抱着她的人，她的目光想要挪开一点往别的地方放一放都不可能，她的身体想要往任何一个小小的空间缩进去一厘米都不可能。于是白洁用鼻腔深吸了一口气，任这口气在体内稍稍一循环，由口腔出，一口废气吹进了他的体内。

白洁毫不停歇，一口气接着又一口气地吹。这些气顺着她的口腔进入他的咽喉、气管，顺着气管进入他的肺，他的血液。等他模模糊糊意识到发生了什么，她吹入的气体已经让他出现了短暂的眩晕，失去了迅速反应的能力。等他从眩晕中清醒过来，已经被她吹胀得失去了动弹与反抗的能力，只能傻呆呆地等在那里，等着一股股更加猛烈的气体被吹进体内。

因为保养与锻炼，他身材健硕，小腹平坦，毫无人到中年的赘肉与肚腩，现在，他眼睁睁看着肚子被吹胀起来，从微凸到猛胀到浑圆，没用多少时间。他的睡衣从撑开到撑裂，纽扣一颗颗崩掉、弹开，没用多少时间。这还不算，他的腿、脚，他的臂、手，一处处都鼓胀起来。当他的十根手指也胀大了，像一截截被掏空了瓤的空瓜一样让他感觉不到内在之物时，他开始担忧自己是不是很快就要爆了。

然而并没有，很快他的脖子、脸、耳朵、嘴唇，甚至还有牙齿和头发，都鼓胀起来。甚至连他片刻前心不在焉的意识、灵魂，都慢慢鼓胀起来，获得了前所未有的填充。这充分证明了他还有足够的空间，可以注入足够的气体，无须担忧。但是白洁决定停止了，因为她的气已经出得差不多了，因为她想要的效果也达到了，只差最后一步了。

白洁推开窗户，对着那向夜晚张开的大口，一脚把整体上成了球形，局部也已鼓鼓囊囊的他踢了出去。他就像一颗懊恼的炮弹一样被射进了夜空，呼啸着掠过路灯上空，擦过绿化树的枝叶，但是他总能自动拐弯，以免撞上迎面的墙壁，把自己炸得粉碎。听着他在空气里飞行的声音，她心情慢慢平静下来。她决定今天不洗脸、不刷牙，不进行一系列复杂到她早就厌烦的脸部程式，就这样上床睡觉。

反正他还要安全地绕着小区各栋楼飞行很多圈才会回到这栋楼，反正到了这栋楼，他还要落向地面，像个真正的皮球那样，在一声声啪啪啪中，落下、弹起、落下、弹起，一次比一次弹得低，最终贴着地面，一动不动。

时间有的是，足够她好好地睡上一觉。

冰淇淋皇帝

走廊两侧，卫兵每隔十来步，成对站立。他们铠甲明亮，兵器森森，但表情都有点呆滞，见大臣和读书人走过，也大都只是注目以礼。偶尔有那么两三个，目光从搜寻到倾注再到跟随，始终落在二人身上，似乎保持着应有的警惕与恭敬，可每当读书人意识到这一点，以目光相迎时，对方毫无躲闪避让的直勾勾盯视，又让他分明体会到那目光中的机械与浑浊。

读书人没有心思深究卫兵们何以如此，他强迫自己把目光落在前面三步开外的大臣那肥硕的脖子上。那脖子肥得快要消失在脑袋与背部之间了，此刻上面正有一层汗水向下蠕动——只要再蠕动一错眼的距离，就会落在大臣那分辨不出本来颜色的衣领上。大臣身着一件宽大的袍服，没有风从任何方向吹来，但他仅凭自己颤颤巍巍的步子，就让袍服吴带当风地摆动着。读书人必须让自己的全部精力只耗费在目光上，只耗费在拔起、落下、拔起、落下、拔起的双脚上。见到皇帝之前，读书人不能停下来。他更不能让自己在即将见到皇帝的时候，随随便便在什么地方，不管是走廊的一角还是门前两步远，一停下来就再也无法动弹。

大臣笨拙的身躯终于拐了第三个弯，透过那汗水总算蠕动得没了踪影的脖子，读书人看见了那传说中金碧辉煌的宫殿大门。大门比传说中还要高大、宽厚，只要稍稍抬头，它就占据了正面视野的绝大部分，任何人只要远远地看上一眼，就必然对大门后面的宫殿心生敬畏乃至恐惧。不，任何人盯着大门看上一会儿之后，都将忘掉大门只是门，只是过渡，忘掉它终究会像任何门一样打开，他的目光、心思都将只落在门上，以它为目的。而门前那一排身着银甲的卫兵，如同闪烁的星群，越发衬托出门的当仁不让。

大臣没有这么多的心思，他步履老迈却毫无停顿，一步一步稳妥地领着读书人走上前去。大臣挥了挥手，门前的卫兵微微鞠躬，转身伸出双手，抵住大门使劲往里推。只见大门上不断掉落微尘一样的东西，不发出任何声响地从中间向里分作两扇，缓缓开出一道缝来。那道缝开到可以容一个人侧身而过时，卫兵们停了下来，读书人从他们望向大臣的目光中读出了乞求。大臣没有作声，他先是回身冲读书人招了招手，指了指门中的那条缝，然后上前微蹲，伸出双手抵住右扇的大门。卫兵们自然明白大臣的意思，他们继续往前推，从他们的粗重的呼吸，从他们即使被铠甲遮掩也完全能感受到紧绷的躯体，读书人体会到了他们的以命相搏。正面走进大门时，读书人一瞬间体会到了大臣那番举动包含的意味——同时照顾皇帝与读书人尊严的意味。

进了门，读书人在原地站了站。门在他身后缓慢而不可阻挡地关上了，他仿佛听到有东西被压碎、掉落的声音。读书人已经顾不了这么多，他抬头打量面前这空旷、幽暗的空间，在他的左前方，那里还有一星如豆的灯光。而随着门关上，他明显感到所在的空间，也就是通常传说中的宫殿比外面冷了不少，因而整个人也精神起来，头脑与举止都恢复了平常的灵活。

“读书人，过来。到我这里来。”皇帝的声音并无刻意为之的威严，反而在冷淡中夹着一点疲倦。

读书人向着那团光走去。空旷与幽暗拉远了他和皇帝的距离，那微弱的灯光似乎也随着他的迈进而护持着皇帝向后退去，因此走起来有点没完没了，但整个空间的凉爽还是支撑着他切实有效地不断缩短和皇帝的距离。终于，他走到可以将那灯光从含糊的一团看清层次的地步，然后他看清了皇帝的轮廓，然后他到了距离皇帝几步远的地方。皇帝比他想的要胖得多，估计也比他想的要矮得多，但首先，尽管胡须、头发都已花白，皇帝看起来却仍旧比读书人想象过的、见识过的任何人都要干净、健康。

皇帝坐在桌子后面的扶手椅里，双手搁在桌面上，安稳如山，他先是把目光投到读书人身上，然后又越过去，落在读书人身后的空间里。皇帝没有说话，他收回目光又稍稍偏移，读书人明白了他的意思，走上前，端过桌面上距离自己较近的那个玻璃杯，一饮而尽。一股凉意伴着这杯冰水从咽喉直抵胃与腹部，再迅速扩散到四肢，并由四肢聚回头顶，让他头皮一阵发麻，不由自主地嘎嘣嘎嘣将嘴里那块冰嚼得粉碎。

读书人长嘘了一口气，犹如新生一般。他说：“陛下，家师派我前来……”

“哦——”皇帝打断了读书人，他伸手握住面前那杯玻璃水，却没有喝，“尊师孙先生他好吗？”

“蒙您的庇佑，家师一切安好。家师派我前来……”

“读书人，”皇帝再次打断他，“读书人，你这一趟想必很辛苦。孙先生的话不妨稍后转达，给我讲讲一路前来的见闻吧。我已经很多年没有走出皇宫，甚至没有走出这座宫殿了。我知道我的国家、我的臣民，发生了什么事情，但我并不知道太多的细节。你给我讲讲——嗯，就从你出发那天讲起。”

“好的，陛下。遵照家师的吩咐，我下山的时候，先去后厨找师娘领了十来天路程需要的干粮，然后去马厩牵出了家师最爱的那匹枣红马——我原来打算就骑我平常那匹黑鬃马的，家师不同意，他说黑鬃马已经太老了，经不起这一路的颠簸，就让枣红马跟着我吧。家师他老人家还说，从此以后，枣红马就归我了——我没有去讲经堂和师兄们道别，这也是家师的吩咐，他老人家说，不是生离死别，不必搞得那么伤感。牵着枣红马，出了书院大门，我才翻身上马，就着月色下了南山。是的，这一路上昼伏夜行也是家师的嘱咐。他说觐见陛下，原本应该星夜兼程，但现在是非常时期，小心为上。他还说，陛下一定能够体谅他的苦心。”

“是啊，非常时期。现在整个京城，整个皇宫，除了生活起居、安全护卫，其余的事情也都一律安排在夜间进行了。孙先生的安排，自然有他的道理。你接着说。”

“是。下了山，我原来打算不走官道，而是穿过黑松林，走荒原上那条近道，路途虽然坎坷一些，但如果顺利，毕竟能够节省两三天的时间。于是我就一带马缰，走了左边那条道，没多久就进了黑松林。但也许是因为夜晚的缘故，我觉得黑松林就像愤怒的大海，随时准备撕碎出现在里面的一切。松树用它们的躯干、树冠遮挡了月光，不露出一点道路的痕迹，夜风也一层一层连番在树间枝间卷过，松针一阵阵扑簌簌地往下掉落，似乎随时都能把我和枣红马埋掉。这还不算，更可怕的是，黑松林里不断拧紧、放松，再拧紧、再放松的声音。那声音没法完全分清究竟包括什么，但肯定有风和风掀动树的声音，有鸟被惊醒的声音，有松鼠上下爬动的声音，这些是能理解的。不能理解的是，似乎还有一头巨大的怪兽，受了伤，鲜血淋漓、双眼通红，把黑松林当成一个笼子，使出浑身的力气，往里拱往里挤，它每进一步，都喘着沉闷的粗气，想要歇一歇。它每歇一次，这个笼子就把它挤进来的身体往外推。如此往复。枣红马很快就被吓傻了，走了一会儿，它就停在那里，支棱着双耳，疑惧不已，再也不肯前进半步。我只好掉转马头，回到官道上。”

“你是孙先生的关门弟子吧？也是第一次下山？”皇帝问。他停了停又问，“孙先生的弟子里面，是不是只有你从来没有下过山？”

“陛下，您怎么知道的？”读书人惊诧地看了皇帝一眼，他忽然觉得宫殿里比之前热了些，因而有点头晕，连忙几次深呼吸，强摄心神，稍稍冷静下来。

“应该是这样。嗯，你继续说，回到官道上。”

“是。我掉转马头，回到官道上。时辰已经不早，东方微微发白。好在官道平坦、畅通，跑起来就有风从两边往后卷，我们一人一马都很兴奋，偶尔我还勒住缰绳，枣红马一个急停，全身半立，前蹄奋扬，一阵长长的嘶鸣，传得老远。因此，天光大亮之前，我们就过了第一个驿站，赶到了一个市集。市集上有一家客栈，我们正好住下，我胡乱吃了些东西，吩咐伙计照管好马，多给它备些清冽的泉水和草料，便进了房间歇息。”

“等等。你说市集，现在还有市集吗？什么样子？还热闹吗？”

“有。我们到的时候，市集大体已经散去，只见到零星的卖蔬菜水果、生鲜冷食的摊贩还在收拾，地上散落着菜叶瓜皮、鱼鳞鸡毛等杂碎，固定的店铺已经上了木板，准备歇息了。”读书人看皇帝脸上有失望浮现，连忙安慰道，“自然，市集散去时都是这个样子。等到晚上我们出门时，又是另一番模样。人头攒动，喧闹无比。各色买卖挤满了两条街道，牵儿带女、呼朋引伴前来游逛的人不少，还有人从老远的地方背来新摘的果子，赶来肥壮的猪羊。那些店铺也拆下门板，继续绸缎、鞋帽、铁匠等生意。虽然只是一个小小的市集，但那番热闹，市集上那些人脸上的欢笑，却像过节一般。

需要不断吆喝，不断推挡面前的人流，才能穿过市集重新回到官道上。”

“官道上冷清吗？”

“不算。总能听到马蹄声，也不时有马或马车迎面而来，或者从身后赶上。印象特别深的是，在市集的客栈里，我去马厩牵枣红马时，看到那里还拴着七八匹马，那些马个个精神抖擞，马厩里还有新鲜的散发出热气的马粪。到了官道上，也能在月光下看见道边的马粪，有的同样散发着热气，可见马刚刚跑过。虽然是在晚上，但还是感觉到了勃勃的生机。”

读书人停了下来，他看着两行泪水顺着皇帝的脸颊流到桌面上。皇帝似乎没有察觉，因而也没有拭去泪水，他反而耸动鼻翼，深深地吸了两口气，不知道是不是在想象中闻到了马粪的气味。

“哦——”皇帝回过神来，他并没有因为失态而窘迫，他只是拿起面前的杯子，喝了一口，“请继续讲下去。通常而言，从南山到京城，走官道十二天就能到，但听说你走了十五天，因为什么耽误了？”

“是的，陛下。虽然开始一直走官道，虽然时间并不算久，路途并不算长，但是一路的景致、风土、人情却不断更迭变化。说出来您可能都不相信，我经过了普通的市集，也经过渔场、盐场，经过麦子堆积如山的磨坊、舟楫穿梭的码头，还经过只有一家客栈、朔风劲吹的荒漠。当我在那座仅次于京城的城市醒来时，几乎被它通天彻地的灯火欺骗，以为自己稀里糊涂地从一个白日睡到了另一个白日，亏得伙计把我拽出店门，让我看地上凌乱的影子，我才知道确实是夜里。当然，最让我难忘的还是在黑虎村。那夜的风特别清凉，我和枣红马都毫不疲惫，将家师的话忘得一干二净，借着晨光继续赶路。等到太阳出来，显现它的杀伤力时，我们已经没有市集、客栈可去，只好去了离官道最近的一个村子，就是黑虎村。据说村里常有黑色老虎出没，危害人畜的性命，村里其他人都搬走了，只剩下兄弟三个的一大家子，看起来像是猎户。那家人见到我，说如果不嫌弃马厩旁的草堆脏乱，尽管住下。奇怪的是，当我拴好马，讨了口饭吃，要去马厩旁的草堆上睡觉时，发现那家人并无歇息的打算。那兄弟三个，加上他们的媳妇、儿女，十来口人，全部围坐在一张圆桌旁，人人一口碗，碗里倒满酒。无拘无束，无所畏惧地往嘴里灌酒。”

“他们这么喝酒，没事吗？”皇帝大吃一惊。

“怎么会没事？！我亲眼看到那个大哥喝到第二碗的时候，胸前忽然敞开了一个碗底大小的洞来，酒水汩汩流淌。一个小姑娘，喝着喝着，站起来，一下垮在地上，慢慢地连形状都模糊了。但是没有人在意这些，大哥继续喝，小姑娘的妈妈端起酒来从她已经模糊的头上浇下去。他们唱着歌，喝着酒，没有人再理我，也没有人招呼我过去喝上一碗。刚开始我感到惊骇，然后热血涌起，要不是想到还要来见陛下，呈上家师的问话，我也想上前就那样喝起来，喝到没了形状，没了形状还请人记得给我浇上两碗。但我还惦记着自己的使命，便强行转身离去，躺在草堆上翻来覆去，耳畔响着歌声、酒声，迷迷糊糊又无比清醒。等我终于意识到天暗下来，夜晚再次来临，从草堆上起身，准备和他们道别时，那家人早已经全部醉倒在地，醉成了彼此无法分开无从分辨的一团，那些被他们喝掉的、洒落的、浇下的酒也已经和他们融为了一体。我在旁边站立了一会儿，然后牵出枣红马，翻身上马离去。”

读书人说完，停了下来。厚重的沉默从宫殿里四面八方涌来，堆在他和皇帝之间。沉默中，读书人感到越来越热，仿佛沉默的翅膀扇起了一阵阵热风。皇帝这座一直安居在那里的山，也有所松动，向下垮了一垮。

“你还记得他们唱的是什么吗？”

“听得断断续续的，不完整，其中有几句，是这样的——”读书人酝酿了一下，并没有找到那家人唱歌的调子，就以吟代唱，“从水而生，得我躯体。从水而去，不悲不喜。”

“从水而生，得我躯体。从水而去，不悲不喜。从水而生，得我躯体。从水而去，不悲不喜。”皇帝喃喃了两遍，“好。好。好好好。接着说吧，你离开他们之后——”

“我离开他们之后，继续上路。一路上，我眼前都是那家人的样子，耳边都是那两句歌声。这样也好，接下来的行程有点恍惚，反而过得迅捷，而且离京城越近，沿途越发迟钝、萎靡，人们不等日出东方，就早早地躲进了屋内。见到的树木房屋，在晨光中也有些糊散，没有什么吸引人的。”

“果然是这样。”皇帝叹了一声。

“不只是这样，快到京城时，从那条官道通往城郊的长桥已经摇摇欲坠。是枣红马先感到危险的，它止住四蹄，在桥头徘徊不前。我看着星空下暗蓝的桥，觉得它随时可能垮掉，又觉得还能侥幸通过——毕竟，我已经离京城这么近了，绕到别的桥少说也得耽误几天，更何况，长桥如此，又怎么能保证其他桥完好呢？就是这么一犹豫，救了我。从我后面赶上的一个马队，有十来匹的样子，可能是骑马的人赶得急，也可能是马成了群胆子更壮，反正他们毫不迟疑地上了桥。然后，几乎没有耽误地，就听见一阵木折石断的声音，长桥坍塌，所有的石头、木板、桥墩毫无保留地滚入了江中。马队也是人仰马翻，迅速被江水冲走，来不及留下额外的声响。

“桥塌了就没什么可犹豫的了。我往回退了一些，上了一条差不多和江的走势平行的小道。走了两夜，终于望见前面一片通明的灯火，映照在一片墨黑的大水旁。天快亮的时候，我也走进了那片灯火中。陛下，您知道那是哪里吗？”

“白湖。”

“没错，白湖。不到季节，看不到连绵无穷如同海浪翻滚的芦花，但白湖还是那样端方，长水如练。夜色里，在湖边嬉戏、在湖里出没的孩子，他们发出的尖叫、笑声还是那样清脆，也许自从有了白湖就没有变过。”感到皇帝的整个人也沉静下来，不久前身体上垮下来的那部分在一点点聚拢，读书人停止了讲述，他恨不得时间就停在这一刻。

“往下说吧。”皇帝静了片刻，说道。

“是。白湖和那些孩子似乎没有受到任何影响，但也仅限于此。当我走进白湖书院时，发现一切都和我之前看到的不一样，也和南山书院不一样。不，当我还没有走进书院，有人前来迎接我，当他问我，‘早茶好喝吗？’‘借住处那些人痊愈没有？’这些话的时候，我就明白了，这个地方同样受到了您最近那道诏书的影响。我没有回答他，因为我不知道他们的规则，当然，这也没有那么重要，他问出的那些话尽管意思不明，可大体能够猜测。所以我想，不说话也没有问题。果然，又出来了一个人，将我的马牵走，开始那个人则将我带到了白湖书院。书院的讲经堂里聚集着至少二十个人，那一张张憔悴的面孔告诉我，他们已经好长时间没有好好休息了。他们焦躁易激动的神情也让我猜测，他们还深陷在某个话题里面，没有争论出任何结果。”

读书人正在斟酌词句，想怎么样尽快引入话题，身后却传来一声钝响，一回头，是他不久前进入的那道大门，分不清是右扇还是左扇，反正那里出现了一个窟窿。一阵敲打，门上的窟窿越来越大，大到足够让一个人钻进来。那个钻进来的人姿势怪异地一步一步挪了过来，大臣那张比起皇帝来说称得上瘦小的脸在灯光里慢慢浮现，他的右手拄着一支外面卫兵使用的长枪，让人很容易就顺着看清楚他的右腿已经齐膝断掉。

“陛下——”大臣不等气息喘匀，也顾不上君臣之礼，甫一走近，就颤声喊道，显然有一堆话都挤到了嘴边，但另一阵声音阻止了他。在读书人右侧，遥远的宫殿一侧，一阵没有来由的从轻到重由急到缓的声音拍到了地上。宫墙上出现了另一个窟窿，随着窟窿进来的，是一团刀刃般刺眼的阳光，热气随之如蝙蝠群一样扑进来。读书人顿时觉得自己四肢百骸都在往外冒汗，连脑袋里的水分都在向外渗，以至于瞬间就昏昏沉沉，思绪乱成一团。

“陛下，孙先生有没有……”大臣更加惶急，如果有用，他一定早号啕大哭起来。

皇帝伸手阻止了大臣，他的目光在门与墙上的两个洞间逡巡，随后他把手边的那杯水往大臣那儿推了推，脸上浮现出由衷的放松的笑容。“读书人，不要着急，没有什么可着急的。接着往下讲，讲白湖书院的那些人，他们在争论什么。”

“是——唉——”就像是受到了皇帝那笑容的鼓舞，读书人也不在意自己的叹息是否会被另外两人听到，“其实也可想而知，讲经堂的案桌上放着一份手抄的诏书，正是您最近发布的那道——‘即日起，国中语言一律按反向偏移使用。偏移度视具体情境，由当事人自行决定，以因应局势变化。’诏书旁边的另一张纸上，写着：热—冷—温（凉）；东—西—西北（西南）；生—死—忍（受）……一大堆，全是这样的形式，写着一些字，偶尔还有一些词。显然，这是他们按照诏书要求，在为现有的字与词寻找反向偏移的对应。

实话说，我理解他们的困扰，那同样是我们的困扰，但我不认为那样的解决方案有意义。如果只是在原来词语的反义词附近打转，这首先证明仍受限于原有规则，更何况，这种方式的作用极其有限，部分形容性的、动作性的字与词还好，剩下的那些怎么办？更要命的是，诏书中说‘自行决定’‘因应局势变化’，谁来自行决定？是不是南山和白湖各有一套？甚至家师和我都可以各有一套？如果这样的话，还有什么交集，还有什么交集的可能？这些疑问在接到诏书的时候就有了。白湖书院的操作更是直接证明其中的，其中的荒谬。”

读书人看了皇帝一眼，皇帝的表情、神态没有任何变化，再看看大臣，大臣正冲他狠狠地瞪着眼，那口型都快把“快点”“别废话”之类的话语吐到他脸上了。

“这么想着，我还是快速地将桌上的那份词语表翻了个遍。可惜，我没有在其中看到‘早茶’‘喝’‘借住’‘痊愈’这些字眼，因而不知道刚才接我的那个人，他是遵循了一份并不在桌案上的词语表，还是完全即兴地进行了偏移。如果是后者，倒是为我这趟出门，为我背负的家师使命增添了一份难以索解的诗意。”

读书人最后那几句话已经伴随着此起彼伏的剥落声了，墙上、屋顶、地板，甚至他们面前的这张桌子，都不断有小块的东西掉下、弹出、鼓起。那些脱离原处的东西就地棱角消融，形状模糊起来。越来越多的孔洞在这座宫殿出现，阳光像利剑一样捅进来，剑身还在里面拼命转动，使劲搅扰。

“陛下——”大臣再也顾不上那么多了，他几乎绝望地喊道，“陛下，读书人说他背负着孙先生的使命……”

“你刚才说‘我们’？”皇帝没有接大臣的茬，他还是向着读书人说的，“你说‘那同样是我们的困扰’，你说的‘我们’是指南山上所有跟从孙先生的读书人，连孙先生本人都包括在内吗？”

听到皇帝前两句话，大臣再也支撑不住了，他一屁股坐在了地上，那下坠的力度和浑身的委顿表明，他不打算也不能够再站起来了。听到皇帝嘴里接连吐出“孙先生”，他尚能转动的眼珠又死死盯在皇帝身上，如同涸泽之鱼盯着天上的一朵雨云。

“是的——要不然家师也不会派我前来向陛下请

教。”绕了半天，终于到了正题，读书人清了清嗓子，以便即将说出的话更加庄重，“家师让我请教陛下，偏移词语是否真的就能偏移事实。”

“词语。事实。词语。事实。词语。事实。”皇帝像是遇到了咀嚼不碎无法吞咽的碎骨那样，不断重复着这两个词，但大臣和读书人都听得出来，他的语气、神态并没有受困的窘迫，反而有点乐在其中的沉迷，似乎孙先生的问话可以供他咂摸，但并不成为问题。“你说，孙先生所言的‘事实’是什么？”

大臣费了些力气才弄明白，皇帝是让自己说，他勉强整理了一下涣散的思绪，省略了谦恭，以干巴巴的甚至有所怨恨的语气答道：“事实明摆着：天下遭遇了前所未有的灾祸，日头强劲不可阻遏，再没有良策，全天下将被炙烤成水，东流归海。全天下，不分朝廷山野，不分贤愚贵贱。”

“对，你说得没错，这也是诏书里面提到的‘局势’。”皇帝说着，忽然站了起来，猛地一挥右手，大喊“闪开”。他的手并没有碰到读书人，但读书人却受力一般往右踉跄了几步，与此同时，咚的一声，一块巨大的殿顶砸在了读书人方才站立的地方。读书人看了看堆在那里的殿顶，汗水和小块小块的皮肤、肌肉顺着脸和脖子不断往下掉。

“你们看到了，局势如此紧张。”皇帝没有再坐下，稍稍缓过神来的读书人发现，皇帝远比他想象的高大许多，只不过皇帝身上也像滑坡前兆一般，不断有东西石块、泥巴一样滚落。“早在我发出那道诏书的时候，大臣们都劝我，劝我不要扰乱天下，尤其不要扰乱读书人的心智，他们甚至预言，孙先生一定会阻止。是啊，最近这半年，我发出了一道一道的诏书，有的他们看得懂，或者自认为看得懂，以为我还在为局势想办法，还在拯救天下。他们看不懂的，也愿意照着这个思路来想，这没有问题，只要他们愿意相信。其实，我的每道诏书，又何尝不是为了让人相信？根据你一路的见闻，除了读书人，还有其他人受到最近这道诏书的影响吗？”

读书人摇摇头，他想说唱歌那家人的举止可能与这道诏书有关，可是琢磨再三，还是只能摇摇头。

“殚精竭虑、夙兴夜寐、宵衣旰食、朝乾夕惕、战战兢兢，这些词都可以用来形容我这半年的状态——当然是在原有的，不偏移的前提下使用。”皇帝绕着那块巨大的殿顶走了半圈，观察它的瓦解速度，他还伸出右手，食指在上面捅了捅，再伸进嘴里，咂摸了几下。

“天下如此辽阔，人员如此众多，所有的安危哀乐，我都得一力肩负，无可推卸，也无可怨尤。局势压迫每个人，需要我来缓解，但每个人的感受不同，焦虑的重点也就不同。所以，我不断发出诏书，看起来搅扰了全天下，实际上每一道诏书都只与特定的人群有关，只有他们会执行那道诏书，或者为那道诏书焦虑。无论如何，都是围绕诏书忙起来。《春耕精细诏》《匠人八法诏》《三餐准时诏》《适龄入学启蒙诏》……看似琐碎，无所不包，只是为了能把所有人都容纳进来，解除他们的恐惧，至少将恐惧延迟，直到恐惧背后的东西来临。当然，这首先是我的责任。但实际上，我也借此让自己忙起来，以缓解、推迟我的恐惧。”

皇帝的语气仍旧平缓，他的语速却在加快，仿佛这些话也必须赶在某个时间点之前说完。也确实如此。伴随皇帝话语的，是宫殿的瓦解加速。太阳的那把光之剑加快了速度、加大了力度，不断在宫殿上刺入、转动、拔出，刺入、转动、拔出。连地板上，都赫然出现了两个大洞，洞口倒是没有投过来阳光，但也明晃晃的。宫殿四处的窟窿越来越多，越来越大，到处都有大块小块的石块、沙砾一样的东西掉下来，绵软得让人发腻的声音此起彼伏。声音并不大，并不需要皇帝提高音量，但是却格外分散注意力，读书人需要一再晃动脑袋，才能捕获皇帝说的每一句话。大臣早已身体撑不住脖子，脖子撑不住脑袋，完全软在了地上，靠着斜视的目光追随皇帝的移动，以残余的半只耳朵听从皇帝的吩咐。

“陛下，您是说，您是说所有的这些诏书都没什么实际意义，只是为了让大家有事可做，以免闲下来胡思乱想，折磨自己？”大臣的嘴巴和舌头还在，说话已很含糊，不过还能分辨。

“难道孙先生没有看出来陛下的意思吗？他还派读书人赶来请教？陛下对孙先生那个问题的答案是什么？”大臣这几句问得非常挣扎，到最后他都开始吐血了。

“如实地说，是这样。孙先生知道无论我们做什么，都无法偏移来势汹汹的事实。不过，孙先生也不是惺惺作态，他是为了他——”皇帝指了指读书人，一抬一放间，也能看出他的手臂全然无力，“他是孙先生座下最年轻的读书人，从未下过山。孙先生派他来，是为了让他沿途见见这个世界最后的面貌，也是为了让他有事可干。当然，孙先生还有另一层意思，是对我的体恤与支持。他知道，最后时刻，京城一定人心惶惶，咒骂、哭喊、厮打不绝，这些纷乱掀不起大的波浪，也毫无意义，但毕竟不是等待结局的最好方式。读书人的到来，可以当作为孙先生献上良策，凝聚众人的心，也迁延所剩无几的时间。”

说到这里，皇帝整了整衣冠，向着南山的方向微微鞠躬。读书人没有如常替孙先生回礼，他觉得皇帝说的是对的，可是又觉得事情太过简单。毕竟，一路上他琢磨的都是皇帝听到孙先生的疑问，究竟会如何回答。

“别想了。孙先生真有良策，何必派你昼伏夜行、骑马前来？又为什么不直接告知，而仅仅让你提出疑问？那个问题纵然有答案，现在也毫无必要了。”皇帝看穿了读书人的心思。

这时候，阳光积攒的威力终于到达顶峰。宫殿残余的部分歪斜着向一侧倒去，所有的附属构件，殿里不多的几件物品，也都倾斜着被宫殿的顶、墙、地挤压成了一团。这一团的空隙迅速被填满，里面的大部分空气被挤出，并在穿透宫殿时，发出噗噗的声响。

宫殿上的一个大洞刚好对着读书人和皇帝压下来，两人的身子虽然也被压住，迅速失去知觉，但他们的肩膀、脖子和脑袋好歹露了出来。读书人拼尽全力转动脖子，找不到大臣的身体，看不到任何一个卫兵的踪迹，他的脸上、头上越来越空，感到了空气填充过来的凉爽。再看看皇帝，也已经掉了半个脑袋、两只耳朵，脸上也快成了一团，将要无法分辨。

读书人终于敢抬起头，直视致命的太阳，光之剑毫不留情地夺走了他的绝大部分视力，世界在他眼中分层为黑、暗与微暗。这时他感到整个世界在震动，不断被抛起又被接住的震动，那震动完全超乎了他的想象。然后他听见皇帝嘘了一声，皇帝说：“你听！”

最浓的黑暗出现在读书人的头顶，遮住了他的整个世界，遮没了世界的层次。

黑暗中，读书人听到了世界给予他的最后话语，他此前从未听闻，此后也不必听到的话语，那是本源性的话语。那个声音说——

“爸爸，吸管。”

雨果的迷宫

提问人：你怎么想通的，决定来趟北京？这么多年了。

雨果：记得大二那年寒假吗？初六刚过，爸妈又吵起来，我买了张坐票，连夜离开。火车过了天津，天才蒙蒙亮，困倦、失眠夹缠，浑身难受，我抹了把脸，站到车门那儿，望着外面。沿途的树木、建筑缓慢地从朦胧中澄清出轮廓，我忽然醒悟自己正在进入北京，渐渐兴奋起来，不像是将要回到学校，而像是正在返回故乡。那一刻，我明白自己对北京产生了精神认同，决定毕业后留下来。那时候，我以为自己和北京就此订约，我属于它，它庇护我。谁想得到，我只是过客，仍旧要离开，而且是回到杭州。所以，这么多年我都避免提到、想到北京。可以说，在北京的四年已经从我生活中、记忆里抹去。我甚至以为，与北京有关的一切已格式化，永久清除。然而并没有。它们只是被冷冻、冰封，藏在我平常刻意回避的角落，一旦时机来到，就更加鲜活地复苏。那个复苏的契机就是未然的电话。十年前，离开学校时，我把手机扔进厕所，上火车之前，又把手机卡扔在站台。确实有点做作，但我需要其中的仪式感，我也依靠这种仪式感，用两年时间，忘掉了那几个不只记在通讯录上，还烙在意识深处的电话号码——一点儿都不夸张，两年时间。我把和它们相近的电话号码写下来，整天混成一团，直到想不起来究竟哪个才是真的，直到它们终于退回至一个个单纯的数字。未然也不例外，我极力控制自己，不想她，不联络她，忘掉她的电话，忘掉她这个人。

提问人：可她还是联系上你了。

雨果：那天上午她来电话时，我在向客户介绍方案，手机当然静音放在包里。等会议结束，手机已经没电，我有点奇怪，但还是充着电，开了机。然后看到有六十个未接来电，六十条短信。每一次电话没有接听，就发来一条短信，内容是一样的，“雨果，回我电话，未然”。我一下子愣在那里，一阵茫然后，像是闲置多年的机器忽然接通电源、按下开关，所有的记忆瞬间恢复，所有的功能开始运转。往事像乱云飞过来，像暴雨扑上来。可是未然这家伙，并不给我太多缓冲时间，手机又响。我慌乱中几乎下意识地接通，未然说：“雨果，我把你手机打没电了。”说完她就笑，还是那个笑声，还是那个未然，就好像我们并没有十年不通音讯，只是睡了一觉起来，睡觉前，她还如既往那样，撒娇地让我亲亲额头，才回对面宿舍。

提问人：她是为聚会联系你，可你并没有答应。

雨果：他们是在准备毕业十年聚会，说未然是为聚会联系我，不如说聚会给了她联系我的勇气，让她可以费尽周折，花两个多月，从记忆与网上打捞和我有关的任何蛛丝马迹，辗转找到我的联系方式。也正是聚会这件“正事”，才鼓励着未然，可以在拨打六十次都无人接听之后，再拨打第六十一次。刚才说“还是那个未然”是不对的，她是在极力装作还是以前那个样子。她装作没有一别十年，装作仍旧大大咧咧，装作不经意地告诉我，大家在准备毕业十年聚会，全班三十个人都找到了，其他人都会出现。然后，她装作我俩都默认我肯定会去，说："咱们去看看那棵玉兰树，看看树上的字是不是也长大了。"她还说："我回过学校几次，每次都忍住不去新图，不去看那棵玉兰。"那时，我感到时隔十年，未然变得有些脆弱，我想起毕业前那顿散伙饭，她喝了酒，拉着我去新图书馆门前，让我用手机照着亮，她掏出小刀，在玉兰树上刻下"果然"两个字。刻完字，未然久久地抱住我，呢喃不休："雨果，不要忘了我。雨果，那些事就去他妈的吧。雨果……"我在电话这头红了眼，她说什么都回之以"好"，可我还是没去。可能正因为如此，我才没去吧。我没想到，什么都没忘，我害怕。

提问人：你和未然后来有联系吗？

雨果：那通电话后，未然给我发过一些短信，除了一次是聚会的时间、地点与安排外，其他的都只有"雨果"两个字，我猜她很想和我说点什么，但不知道再怎么开口，或者只是像以前那样，随口喊着我。她每一条短信都把以前的事在我心里翻腾一遍，我不知道说什么才能止住这翻腾，就一直没回。聚会当天，十二点半左右，想必他们都确定我不会去了，未然忽然发来微信的验证申请，没有留言。我当天起床后就在家里枯坐着，思绪在“赶紧动身，还来得及”和“就这样吧”之间摆荡。收到未然的申请，我愣愣地盯着手机，身不由己地下楼，找到最近的营业厅，买了一张新手机卡，换上，这才缓过来。后来未然没有再联系我，也许不想再折腾一遍，也许不想再打扰我，也许是因为那十年攒着的情绪已放空。我也以为就那样了，可以再次地彻底地忘了，忘了以前那些总有未然的身影在其中出没的事。但没有想到，那才只是开始。

提问人：到底还是回来了。时隔十年，再见到北京，再进入这座城市，感觉怎么样？

雨果：都说，不管多难解决，多难释怀，首先要做的就是面对，至少在这件事上是这样。未然唤醒了我的记忆，尽管当时没有回学校，可接下来那两个月，那段时间的生活，那些朝夕相处的同学，还有熟悉的陌生的老师，学校里的角落，不断在我脑子里涌现，甚至在梦里变形、重组，搞得我精疲力竭、不堪其扰。按惯例，国庆前总公司会在京举行一次汇总会议，以职务与职责论，五年前起就应该由我代表公司参加，以往我一律拒绝，但这一次没有，总裁办的人意外之余又松了口气，想必是总算不用向总公司解释。我是坐高铁，从南站进入，十年前新南站还没有开始运营，所以它差不多象征着北京的变化吧。但我当时根本没在意这些，高铁一离开天津南站，多年前那个早晨就随之浮现，和它衔接的，是毕业离京时火车驶出北京站的画面。因为认同而体会到的被拒绝、被抛弃尤其强烈，何况这拒绝与抛弃带着实实在在的伤害、创痛。我在座位上坐立不安，只好如出一辙地站到车门边，从椭圆形玻璃望出去。并没有什么可望的。我像低血糖发作那样，浑身无力，额头和手心都在出汗，就好像不是要进入一座离开许久的城市，而是要赴死。我还是不清楚天津和北京具体的界线在哪里，更不知道那条线在高铁线路上以什么为标志，难受劲儿也因此不断加码。好在只是半个多小时，好在北京的同心环已然标识清楚，我并不需要真的死去，就看见了六环的标志。接着是五环、四环、三环，然后就进站了。高铁停下来的那一刻，我反而平静下来，已经到了，总不能转身离开。又想看看这城市究竟成了什么样，就去排队，打车，让司机开到华侨大厦。

提问人：你没有直接去学校吗？要先去总公司报到，还是行李过重？

雨果：很奇怪，因为学校或者说学校的记忆不断地召唤，我才下定决心回到北京，回来看一看，可是坐上出租车，司机问我去哪里时，学校的名字从我嘴里出来，却变成了华侨大厦。也不是情怯，就是有些隔膜，是对北京的隔膜，更是对那个名字以及与它关联的一切的隔膜。沿途所见是更加繁华、整饬，可对记忆痕迹的辨认无碍，可这记忆又并不贴身。到了华侨大厦那一带，好了一些，也只是好了一些。报完到，进房间，略微收拾一下，在床上躺下稍稍休息，我忽然想就这样吧，没有什么必要再专程去趟学校，北京和学校对我是一样的，北京任何一个角落，和学校那些记忆深刻的地方，都是同构的。想明白这一点，感受到这一点，接下来两天的会议，我都自在多了。会议结束时已经是下午五点半，我婉拒和其他地区参会人员一起晚餐，回房间睡了一觉后，起来想走一走，就出了门。也没有什么特别去处，只是想稍稍避开点热闹，可是没走一会儿，感到越来越熟悉，再一抬头，就看见三联书店。

提问人：是记忆在唤醒你，在召唤你。

雨果：我不知道。反正当时我呆住了，按捺不住地想对自己做心理分析：难道我决定来北京是因为这次会议定在华侨大厦，而华侨大厦离三联书店这么近？难道我想回北京来看看的实质只是想回三联书店来唤醒记忆？难道我唤醒和三联书店有关的记忆只是为了抵达那件事，只是为了那件事最终的结果？我实在没法接受这样的推论，更没法接受这个推论所指向的那个自己。但是我又没法转身离开，我也想看看，这个推论究竟能够到达什么地方。我不能直接走进书店，正好看见雕刻时光咖啡馆的店招，就带着小心地经过三联的店门、橱窗，进雕刻时光，上二楼，找了个靠窗的位置坐下来。我当时确实有点恍惚或者神经，刚一落座，就开始分析自己为什么要选择靠窗的位置，是不是缺乏安全感，是不是抑制不住窥视的欲望……那时候，我有点绝望，不是绝望于自己怎么轻易地捡起这套黑话，而是绝望于他在我身上留下的印迹这么重，看似被掩埋到最底层，却如此轻易就翻起来。那时候，我明白了，未然为什么那么多年不和我联系，为什么她总是那么欲言又止，她是怕我想起他来，怕我想起那些事情。可能这些并没有什么道理，也许未然早就忘了，至少经过这么多年，那些事在她那里早就变淡，至少对她来说并不关己因而并不重要，可我坐在窗户边，看着楼下车水马龙、行人匆匆，早就成了一只惊弓之鸟，无法从往事的弓弦拉出的空响中逃脱出来。对不起，即使现在想起来，我仍旧有些惊悸。

提问人：那你看见他那一刻，是不是更加手足无措？像是进入一部专为你量身定做的电影，导演是你，编剧是你，演员、美工、灯光、服装，一切都由你安排，由你主导，然而整体走向与节奏你仍旧无法控制，都在沿着其自有惯性向前。

雨果：我忘了在哪儿看过一篇文章，讲电影桥段和小说套路，作者意思是，日光之下无新事，没有什么不是已知桥段与套路的变形，重要的是，提供路径的方式与分寸，让观众让读者能置身其中，亲历导演和小说家讲述的，只有这样，才能保证一部作品新鲜，因为所有亲历都是一次性的。这是后来看见，现在想到的，当时并没有这么冷静和抽象，因为我正在亲历，没有那么强大的自我，可以同时抽离现场，或者分身出一个自己，站在不远处旁观——对不起，我没有别的意思。我只能看着他出现在楼梯口，虽然整个身躯已放大一号，整张脸做旧了十年，但是一眼就知道是他。我大脑转速确实迅速降低，只剩下“他为什么来了”这一个念头不停地循环，来不及掉过头去装作没看见，更做不到泰然自若站起来，打个招呼。他也看了过来，一眼就认出我，意外、喜悦、惶恐在脸上飞转，如果不是我定定地望着，也许他还能装作若无其事地转身下楼。于是他走了过来，在对面坐下，他说——“雨果，你好。”就是这么一句。

提问人：开口是艰难的，不开口可能更艰难——这些仍旧是套路的题中之义，“你好”或者“你好吗”更是套路中的套路。可是，你还能有更合适的话吗？也许他可以问——“雨果，你怎么在这儿？”

雨果：说什么并不重要，重要的是有人开口，说第一句话。哪怕第一句话是最烂俗的台词，也可以接着往下进行。这么说并不意味着我缓了过来，开始分身，开始抽离，观察。没有，我仍旧在讶异中，觉得被谁安排了似的。我看着他，看着他而目光又并没有在他脸上停止，仿佛要看进去，要看到那个并不是自己的导演。他被我看得有些局促，就讪笑一下，说——“有个朋友在美术馆办个展，开幕当天我没时间参加，刚好今天有空，就过来仔细看看。看完又想好久都没有到三联逛逛，可是走到书店门口又饿了，就上来吃点东西。没想到你也在这儿。”他解释得没有必要的详细，像是要把整件事掰碎，把所有的碎末和芝麻都指给我看。也果然有效，这一通话说完，他就自在多了。看我面前还只是一杯柠檬水，就更加自在了。他一抬手，叫来服务员。我没有胃口，但还是点了一份蒜香吞拿鱼面，他也就跟着点了同样的。他又让服务员等等，往后面翻翻，点了两份提拉米苏，一份黑森林。点完后，他偷偷瞟了我一眼。

提问人：你爱好甜食，这么多年他还记得，就算不让人感动，也至少不让人反感吧？可是这么偷偷地瞟过来，有点胆怯，也有点猥琐。

雨果：首先还是尴尬吧。他在这些无关紧要的事情上一向心细——对，我现在明白这些事情无关紧要，因为有更重大更见本性的事情做对比。刚认识时，整天被未然撺掇那阵，他不动声色的细心，偶发的体贴确实让我感动，尤其他是那么一个，那么一个活在自己世界里，注重精神生活，追求某种高于尘世之物的人。所以他记得我爱吃甜食，点甜点应该是下意识的动作，可是点单之后他肯定也意识到这些记忆和殷勤可能不太合适，但他未必确定这一点，因而偷偷看看我的反应。那是胆怯，也是试探，我因为这试探、胆怯，有点不快，进而升级为愤怒。那样的事情，那样的痛苦，那么痛的记忆，他怎么能认为我会淡忘？他怎么敢！不，我不是要追究，有什么可追究的？难道十年之后还要讹上一个和自己已经不相干的人，要赖在记忆旋涡里不出来？这么一想，又悲哀又无奈又无聊，我就没有给出任何反应。大概这让他感受到压力，所以他不停说话，他问我“这些年过得怎么样”，我说“就那样吧，上班、下班，工作日、周末，没什么特别的”。然后他开始以略显夸张的、套近乎的语气说起西湖。说他每年都会来杭州两三次，此处插入对他大学学术生涯的介绍，没有任何夸饰，反而透露出显见的他也无可奈何的乏味，接着再回到杭州的学术会议，他说每次都会抽空去西湖边上转一转，有两次还换了装束，绕着湖跑上几个小时，完完整整一圈。他会轻描淡写地说，每次在湖边，不管是走是跑还是坐，都会想起我和他说过的，小时候在湖边的生活。他也会夸大其词地说，在西湖边待一待就像充一回电，回京后至少一个月都精神饱满。他还说——“还是你有先见之明，想得透彻，毕业就直接回去。别的不说，就每天早上绕着西湖跑跑步，也值了。”我听着他说，发现每个人的记忆真是各有侧重。他记得我那些琐碎，却不记得我那时多么厌恶杭州，多么厌恶西湖，不记得我告诉过他很多次，我要留在北京，再也不要回去。可这些也犯不着再提起。何况，我现在已不再厌恶，已真正习惯。我就说——“没那么夸张，真住在那儿，也就不觉得有什么。我都好长时间没去西湖边了，有时候也会动一动念，但马上就又犯懒，想有的是时间，改天再去吧，反正西湖不会跑掉。”他瞪着我，一副羡慕、嫉妒兼具的模样，但很快就垂下头去。

提问人：他随时自觉理亏，随时欲言又止，你又总是被往事纠缠，越是往里陷，越是想挣扎脱离，这次偶遇可真够受的，还得尴尬相对地吃完饭。

雨果：吃饭并不尴尬，吃饭缓解尴尬。面条端上来时，我们已经完全词穷，不知道该再说什么，更糟糕的是，他营造了一种氛围，我们必须说下去，不然就有什么东西会坍塌、崩解——我发现，过了这么多年，当了这么多年老师，他还是那样，除了自己感兴趣、有研究的那些半抽象泛学术的话题，完全拙于言辞。只是，我对他那些话题早就失去兴趣。正好，面条送上来，两个人可以暂时用细碎的动作和声响，把自己封闭起来。偶尔插一两句“你做饭吗”“手艺怎么样”“擅长做什么”之类的谈话作料，也只需要据实回答，一两句或者两三个字，都不显得粗鲁、僵硬。如果可以，我真想再来两份面条，面前的吃完就继续上，然后再两份，再两份。这当然不可能，于是我们拖拖拉拉，比赛谁慢似的，将面条、鱼肉末乃至酱汁吃得干干净净。服务员收走餐具，我们等着甜点。他忽然问——“你去三联了吗？”我看着他，摇摇头，说——“没有。”——我知道他想说什么。

提问人：两个人坐在一起必须说话，还只有回忆可说，而谈话双方对回忆的态度与进入方式又不一样。

雨果：有些谈话就是这样吧，一方不想继续，另一方不得不继续。我知道他想说什么，不希望他再说，他也知道我的想法和意愿，但他还是得说，只能说。他说——“就是那次，咱俩终于找到那套书，其他店都是零散几本，凑都凑不齐，只有三联是全的，咱俩都特别高兴，可结算时才发现，我钱包落宿舍了，你兜里的钱根本不够。你当时说，改天再来买，还告诉了我一个最不起眼的书架最下面一排里面，说可以把书藏在那儿，让其他人都找不到。我完全等不了，特别着急地要买过来，像以前那样签上咱俩名字，我看到你眼里也是这样的渴望。我告诉你，等着我。我骑着自行车，回学校回宿舍，拿着钱包，再骑车回来。一个多小时，不算什么，我一路上只听到风在耳朵边响，夹杂着喇叭声，其他自行车的铃声，还有路边店铺里小喇叭的吆喝声。我停下自行车，踏上三联那几级台阶，感到大滴的汗珠顺着脸颊往下滑，摔在台阶上，黑色的大理石都被砸出坑来。但我推开门还是傻了，你就站在那里，站在我离开时你站的地方，收银台旁边，挨着上二楼的楼梯。我走时你怎么抱着书，我回来时你还是怎么抱着。那一刻，我特别想哭，特别想冲上来抱着你。就抱着你，什么都不做。你还记得吗？”他必须说完，我就等他说完。等他说完，我说——“你后来确实哭过了。”话一出口，我就后悔，何必呢。

提问人：你察觉没有，你的话里有怨恨？即使现在重提，仍旧怨恨重重。

雨果：我把两件事混成了一件，把“确实哭过”直接剪切到“特别想哭”后面了，但他明白我的意思，也知道这样说很大程度上顺理成章。甜点适时上来，我和他一人一份提拉米苏，我用勺子挖、切、盛，一点一点送进嘴里。那滑腻的有些微凉意，甜蜜中透出微苦，顺着我的食道落下去。他点时我有点腻味，一旦吃起来，那种提炼甜蜜进而任由它布满浑身细胞的感觉还是迅速让我放松。我端过黑森林，切香肠那样，一块块放进嘴里。他怎么回学校怎么取钱包怎么骑行如飞，我怎么站在收银台旁边手里抱着那几本棕色封面的书紧紧抱着生怕一放下就会被别人买走甚至抱得不牢一旦掉在地上就会被水泥地面吞掉一点痕迹都不留。这些他说过无数遍，我也回放过无数遍。画面还是那样新鲜，仿佛刚刚发生，仿佛他推门出去又推门进来只用了那么一小会儿。他额头上的汗，我鼻子的一酸，他冲我憨憨一笑，我心里酽酽一暖。后来的事就是那样注定的，回学校后我们高兴地和未然还有她男朋友去吃饭，大家喝了很多啤酒，他喝醉酒后让人无法挣脱的纠缠和耍赖，推倒了所有骨牌。

提问人：“你后来确实哭过了”——这句话很重。他什么反应?

雨果：他低着头，坐在对面，一副受审的颓丧，又不得不强打起精神陪着，我看了很难受。何必呢？我就问他——“你现在怎么样，还好吧？”他苦笑了一下，说——“也就那样吧。时间倒还宽松，每个学期开一门课，一周讲两节。其余时间，看自己感兴趣的书，研究一些愿意涉及的课题，写文章、发论文，有时候出差，参加一些会议。不过大多数会议都没什么意思，就一些陈年话题，与会者各说各话，构不成什么交流。和读书时想象的不一样，那时候不知道门里有多深，只想早点进来，以为进来了就可以马蹄疾踏，向前驰骋，相信迟早有一天，自己会跑到尽头，领略孤峰绝岭的滋味，至少也能见到孤峰绝岭的模样。现在知道门里有多深，知道眼前的门槛有多高，看得见的地方是清晰的，看不见的地方云遮雾罩，甚至永远都看不清。听着像在抱怨吧？其实不是这样。知道有地方看不见，知道看不见的地方在什么方位，已经足够安慰。有时候会有点丧气，就像有高人同行，却无法和他成为朋友，说上一两句实质性的话。好在，还能够辨认出来，那是高人。”尽管说话比原来婉转一点，他还是没有什么变化，沉浸在自己的世界。“不过——”他继续说——“自从有了儿子，看他一天天长大，对世界的感受……”他停住了，抬眼看我，低下头去，又抬眼看着，不避不让地直视。沉默。沉默之后，他说——“对不起。”又沉默。沉默之后他调整着语气，又说——“你孩子多大了？是不是都上小学了？”我说——“没有。我没打算要孩子。”他再次沉默，然后说——“对不起，雨果。”说完他低下头。

提问人：他一直在找话题、兜圈子，就是为了说出这句“对不起”，虽然情况超乎他的预想。

雨果：没什么，这是我自己的决定，我不想怪在他身上。真要怪……算了，我不想再说，不想再提，不想再回想，不想再和他这么坐着。我就说——“走吧。”他叫服务员来结账，我没和他抢。他问——“你住哪儿？”“华侨大厦。”“我送你过去。”“不用了。”他坚持——“就送到大堂。”这个强调有点可笑，不送到大堂还能怎么样？送到房间又能怎么样？我没再说话。下了楼梯，他抢先一步，推开了店门。都那时候了，外面还那么热，汗水一下子湿了后背。我只想着赶忙回酒店，赶快道别，赶紧进房间，马上开空调。经过三联书店时，橱窗里的一幅海报吸引了我。海报的主体是漫溢的深海的蓝，一株绿色的海草从左下角贯通右上角，开口呈开放的S形。还有些微金色的点，也许是粼粼波光，也许是突显招贴内容的字，不算大因而也看不清。没多久之前从这里路过，去雕刻时光时，似乎还没有这幅海报。不由自主地往前走几步，上了台阶，自动门向两侧滑开，我正要进去，又站住了。我在干吗呢？怀旧吗？我想象得出他跟在后面，看着我的目光，目光的含义。你是在表演吗？表演怨恨，表演宽恕？我问自己。问完，又一步步从台阶上下来。——“没事。我等你。”——他说。他的话让我恼怒，便没理他，继续往华侨大厦走。走了不一会儿，路过美术馆北公交站，我又停住了。一辆104路公交车停在那儿，它浑身都是漫溢的深海的蓝，朝向车站这一面，从右下角向左，飘荡着一株贯通的绿色海草，海草的根呈反向的S形，拢住了前门。整个海面上金币一样，洒着斑驳的光点。

提问人：你确定自己看见了，而不是幻觉？

雨果：“你看见了吗？”——我问他，他一脸茫然。我不想指给他，就向104的前门走去，离得还有一米，门无声地向两边打开，反向的S被折叠起来，只剩下金属把手，悬在两扇车门上。车门打开后，车厢里的内容让我愣住了，那是全然的，仿佛最初降临至这个世界的黑暗。没有任何实质，也无任何暗示的黑暗，望不进去，也就望不到头。从车门这一侧，完全看不到车厢另一侧的窗户，窗户外、街对面的店铺与灯光也都被黑暗销匿，或者说，被黑暗遮挡。

提问人：你害怕吗？期待吗？你的情绪也许决定了

它究竟是爱丽丝的兔子洞，还是别的所在。

雨果：来不及害怕，也来不及期待，不管是兔子洞还是陷阱，都不至于出现得这么晚吧。这时候，验证不是先于思虑的吗？不对，领先一切的是好奇。反正我只是迟疑了两三秒钟，就抓住两侧的门把手，右脚高抬，上迈半步，试探着落下。车厢和外面肯定有界线，过了线就算交给了黑暗，因为我看不见自己迈上了半步的右脚，但能感觉到它还在我身上，还听我的使唤，我还感觉到它踩在了实处，像是公交车门口的踏板。既然这样，也就没有必要再犹犹豫豫。我索性双手一使劲，左脚一蹬、一抬、一迈，双手撒开，把自己拉进了车厢里。砰的一声，车门在身后关上。再回头，也看不见车门。然后整个空间一晃，仿佛车启动。我有点慌神，但还是不断鼓励自己冷静下来，打量周围。只有置身彻底的黑暗中的人，才知道黑暗究竟是什么样。外面的路灯、车灯……一切的光，没有丝毫照射进来，里面也没有任何东西反射光芒，连风的声响都没有，只有沉默与黑暗，辨认不出其中的空间与布局。再回头，身后也是纯然的黑暗，如漆一般，看不到几秒钟，最多一分钟之前被我甩在身后的街道、行人，乃至公交站牌。我静立了一会儿，伸出全部的感官触角，察觉那黑暗不是果冻般塞得严严实实的凝胶，而是一片空荡，甚至还不是完全密闭的。除了拍拍手，我也不知道还能做什么。随着拍手声响起，果然出现幽暗淡黄的光，光源无法明确，却也能够让我看得清楚周遭。这仿佛是一条甬道的一部分，两侧都是墙壁，前后都能看出拐弯。这还可以稍作歇脚，因为一侧的墙壁内陷，凹出一块小小的空间，摆放着一把高脚凳，一张小方几。几上没有摆放任何物品，桌面也是平滑的钢化玻璃。墙壁是灰白色，再细看，冲着甬道的墙面上，是一幅浅浅的壁画，就勾在墙上，底和线条都是灰白，不细看根本无法分辨。谈不上什么风格，只是熟练的顺手成就的简笔。一个女人站在一棵树旁，光秃秃的无叶无花无法断定是什么树。女人衣着的线条更为简洁，看不出任何显明的季节特征。她的脸则是空白，只有轮廓，没有五官，没有表情，和只有躯干与枝条的树很是吻合……

提问人：等等。为什么要这么详细地描述？这真的是描述吗？好，不去管它。那个女人，她是你吗？如果不是你，这个空间为什么会对你敞开？恰恰相反，空白的脸并不能反驳这个推论，它极有可能只是故弄玄虚。

雨果：说那个女人是我，会不会太自恋？至少也是太封闭。不管怎么说，我仔细辨认过她，有几分拒斥，也有几分期待，可仍旧无从确定她和我是否相关。我想看看再说，就离开墙上的画，挑选了左侧，也就是我刚才进入这片空间时面朝的方向，走过去。没走几步就是一个左拐弯，拐进去之后，发现甬道也不过二十米，前方又拐了弯。在这二十米左右的甬道中间，也是一处凹陷，一小块凹出的空间，高脚凳、小方几和刚才所见没有任何区别。墙上也有幅灰白的壁画，这次的内容是一个小女孩，手里拿着一株蒲公英，身边跟着一条小狗。蒲公英被吹了一口，几朵肉眼几乎分辨不出的小小降落伞飘在前面，女孩和小狗正在追逐，小狗一脸的好奇栩栩如生，女孩的脸仍旧空白一片。我想了很久，也记不起来自己有过吹蒲公英的时刻。再往前走，走到这一段甬道尽头，甬道垂直分成左右两个方向，两边望去，都在二十米左右的地方再度拐弯。我记住这次的区别，先向左拐去，那凹陷空间壁画上，女人坐着，手里端着一杯咖啡。咖啡上有寥寥几笔热气，证明刚煮好不久。女人和我见到的第一幅画里的她发型相似，说不定年龄也相仿。我退出来，向后也就是不久前我的右方走去，这次壁画上的女人站着，发型也变了，从齐颈短发变成波浪长发，她依靠着一张方几，手里端着一只高脚玻璃杯，那张小小的高脚方几和凹陷处摆着的没什么区别。我在高脚凳上坐下，要是方几上真摆着一个玻璃杯，里面装着酒的话，我会拿起来一口喝了它。那时候我开始好奇是谁造了这样一个所在，目的又是什么，可我也是在那时候明白，我必须从里面走出去，而办法也似乎和走出任何这种地方一样，那就是每个路口、每条通道都去尝试，记住差异，找出前进的方位，遇到死路就往回退，换个方向继续走。

提问人：走出迷宫最便捷的方式不是原路返回吗？只不过，很多人都记不住原路，更多的人则是认为自己随随便便就能闯出一条路来。

雨果：我就这样在甬道里前前后后，左冲右突。每一段甬道的距离都差不多，二十米左右，结构也差不多，中间有一段凹陷，摆放着高脚凳、小方几，唯一的区别就是正对甬道那面墙上的壁画。看得多了，壁画内容的线索也基本清晰，可以称之为“一个女人的一生”，如果这没面目，体形、发型等其他特征差异或者变化前后很大的女人，可以视作同一个女人的话。她总是一个人，独自坐卧行走，独自面对这个世界，独自处理这个世界交给她的工作、留给她的难题。在她身边，会出现猫狗这样的动物，也会有花草树木各样植物，还会有一些器物、首饰、服饰。她很多时候都和身边的生命、物品相处融洽，互相给予欢乐，但当甬道一转，她在另一幅壁画上孤零零一个人出现时，我总是深切地感受到她的孤独与空虚。是在看到第二十三或者第二十四幅时，壁画出现了重复。我一开始以为是画师穷尽了内容，毕竟一个普通女人，当她的一生从外在的人与事中抽离出来后，可以定义的画面不多。也不只是女人，任何人应该都是这样。可再往前或者往后，两边的壁画都见过，我明白一定是什么地方出了错，回到了来过的地方。没有别的办法，只好再度浏览沿途壁画，依据记忆整理它们的关联，以便尽快找到新出口。这样走过九张重复的壁画，往右拐后，我发现墙上的画面之前没有见过，是那个女人躺在床上，窗外是一抹残阳，从她稀疏的头发和脖子上堆积、松弛的皱褶来看，情况有点糟糕。如果死亡将至，是否预示着迷宫快到尽头？我无从确定，只好继续往前走。仍旧是同样的甬道，仍旧是在前面拐弯或者分岔。也许是先在心里认定，之前看过的二十三或者二十四幅壁画已经完整表现了女人的一生，这个定见让我不再对新出现的壁画感到新鲜，但该细看还是要细看，该记住的差异还是要记住，不然一多起来，再有重复也未必能迅速发现。就这样一路走一路看，我越来越乐在其中，反而不想那么快就走出去。更不想理会，那个被我落下的人是否还在外面等着。说不定正是这种心态导致迷宫的相应变化，反正下一个甬道尽头拐弯之后，我发觉自己进入了一个没有通道的空间，真正恐慌起来，开始相信，也许陷入了一个永远都走不出去的迷宫。

提问人：那儿就是迷宫的尽头和出口吧？这很符合迷宫的逻辑，并不难猜。

雨果：身在迷宫之中，哪里知道迷宫的逻辑？还不是只能像在每一处那样，仔细观察，小心提防？那个四面墙的空间不算大，方方正正，每一面都不到十米。除了我进入的那一面外，其他三面都在正中间有一处凹陷，凹陷里面摆着同样的高脚凳、小方儿。我不敢猜想那儿是迷宫的出口，但确实想到它应该是迷宫的中心。按照各种神话与传说的安排，这里会有进入迷宫的人所寻找的宝物、寻求的答案，这里也同样暗示平安逃离的方法，或者干脆就是彻底的毁灭。想到“毁灭”，我站在入口犹豫了好一会儿，如果不进去，我可以转身离开，继续在迷宫里跌跌撞撞，看看是否能穷尽所有的壁画，找出其中的规律。就目前的经历而言，有些困难——二十三或二十四幅壁画之后，又有两次重复，我当时对看过多少幅壁画更加含糊，四十八、四十九、五十二，还是干脆六十一？如果眼前这个空间里的三幅是我全部没有看过的，那按照卦数来说，六十一是可信的，如果还有我没去过的地方，还有更多的壁画，目前这些数字又都有可能，也都不指向任何可猜测的具体含义。但不管是多少，至少我可以尝试着原路返回。可这一点很快被我否决，在进入这个空间之前，绝不做这种打算。另外，这个迷宫最让我疑惑的一点是，光从哪里来？如果能确定光源，至少可以想象身处的迷宫朝向什么结构，与迷宫之外的世界可能是什么关系，现在却毫无头绪，就好像整个迷宫用半透明的羊皮纸包裹了起来，同样的光从四周同时照射过来。思索再三，我最后决定，既然壁画的数量、光的来源都提供不了任何可做决定的依据，既然已经来到这个入口，那就索性进去，看看究竟有什么，会发生什么。想定之后，再犹豫、恐慌毫无意义，我便依照习惯先走到左侧那个凹陷的空间。那壁画果然大为不同，不是画风或者色彩，而是人物的数量。那上面是两个人，一个背对观看者，从发型与体态可以判断是女人，一个正对观看者，穿着T恤、短裤、拖鞋，板寸的头发，眉目与脸型清楚表明是个男人。是的，那个男人有眉目与脸型，稍显繁复的简笔描画了他的模样，刚刚二十出头，青春飞扬的青年。只需要看上一眼，不需要额外的辨认，我就能确定那个青年是他。这么说，那个女人就是我了。

提问人：你试图从蒲公英着手，认定那个女人不是自己，为什么因为他的出现，而屈服了？认定与屈服，都以恐惧做种子。

雨果：是啊，恐惧，恐惧中夹杂着愤怒，愤怒掩饰恐惧，愤怒为恐惧壮胆。再转到中间那幅壁画前，就不只是恐惧与愤怒能够概括。那上面同样是一个躺着的女人，她躺在手术台上，双腿抬起，搭在两边的撑架上。仍旧没有面部细节，但女人腹部有一个小小的坐着的人形，那小人儿双拳紧攥，表情严肃。我不敢细看，急忙向第三幅画走去。仍旧是那个没有面目的女人，她站在道路旁，右手举过头顶，轻轻挥动，初看像是在与远行的人道别，细看又像是在和观看的人道别，再琢磨，更像是在与她身处的画面、墙壁道别，与她的人生道别。到此结束吧，我对自己说。说完这句话就像泄了真气，再也没有心力往下走，又万般不舍，强迫自己挪动双腿回到中间那幅壁画前，再看上两眼那个小人儿，摸索着在高脚凳上坐下，双手想要撑住下巴，又放下，索性趴在小方几上。趴着趴着，忽然有泪从眼里流出。我知道身后墙上那个小人儿正冲我发怒，以发怒表达哀求，我身体里面也一阵阵冰凉与疼痛。白色走廊。粉色帷幔。冰冷的器械。两个人侧身躺着的床。枕头上莫名的气味。头发上的亲吻。冰冷的器械。刺入身体的针头。推送注射的液体。哽咽。脸上的口罩。询问。安抚。冷眼。冰冷的器械。声音在飘荡。光。无影的光。圆白的灯罩。呼吸。呼吸呼吸。冰冷的器械。再度亲吻。左手搭在腹部。探入。冰冷的器械。未然哀哀的目光。“别紧张。”“对不起。”冰冷的器械。孵化。探入。想象的画面，还是切实感受？金属磕碰。鸡皮疙瘩。由上向下颤抖。未然的拥抱。他的搀扶。倒回去。拥抱。木质的扶手。毛巾。冰冷的器械。喘息。慢慢降落的意识。第二秒开始悔恨。拖鞋。蓝色大嘴猴。永远听不见的嘱咐。推开门。在门前站立。逐渐澄清的脸。醉相不堪。澄清。拥抱。迎接与拥抱。距离恒定。十年之后，我终于哭出声，让这些碎片随着声音和眼泪浮现，又被冲刷，终于被浸泡柔软变得仅仅模糊可见。

提问人：眼泪是终极释放还是制式反应？雨果，你很让人担忧。

雨果：我又等了一会儿，确定自己像是被体内的雨反转，由内向外浇了个透彻，得到应该有的清洗，这才抬起头来。这时，一阵像是发动机熄火，又像是牛哞哞叫的声音响起，我身处的空间一阵抖动——不是地震那样晃动，而是巨人起身般颤动。抖动平静下来，地板的中间，出现了一个方形出口，站起来就能看清，那儿是一座下降的略带幅度的楼梯。我再回头看向墙壁，壁画的线条已经淡了许多，那个小人儿不再愤怒，而是面容平静地像室内右手边壁画上那个女人一样，正冲我、冲墙壁挥手道别。那个女人的身体线条也在变淡，但她的面容浅浅浮现，随后和身体完全消失在墙里，短暂得来不及确定她和我究竟有几分相像。就是这样吧，我长长吐出一口气来。等待墙上的壁画完全消失，墙壁不留任何痕迹，才走向地板中间的楼梯。我挨个看一遍，确认室内三面墙上的壁画都已不见，也确信整个迷宫墙上的壁画都已消失。我沿着楼梯向下，开始几步还能看清楼梯，接下来就只能知道脚踩在了实处。等我的头完全下降到地板下方时，整个空间的光忽然消失，只有纯粹的黑暗悬在上方。然后我看见脚下是黑色的大理石楼梯，左侧是原色的木栏杆。再看看楼梯两侧稀稀拉拉坐着看书的人，还有一两个正在打盹，我明白了——我在沿着三联书店二楼的楼梯向下，在走向一楼。我又走了两步，我知道，再往下走，我将看到书店一楼的整体布局，将看见书店的收银台。但我不知道，我将看见那个紧紧抱着书的女孩，还是会看见那个满头大汗、拿着钱包跑过来的男孩。也有可能，一个人，都看不见。

提问人：停！无论如何，都衔接上了，就算不圆满，就算形状不规则，已经发生的、将要发生的，都闭合了。在这闭合的时刻，你得到一次机会。现在你打算怎么办？往回退吗？退到哪一个时间点？是你从书店旁边经过，走到公交车站前，抹去那幅海报，删掉车上的图案，这样你就不用走进车里，你们直接回到华侨大厦，握手也好，拥抱也好，反正迅速道别；还是再往回退，你无意间走过来，看到三联书店，立即落荒而逃，回到华侨大厦；要不，退得再远一些，退得足够远，就是那一次，你们一起走进来，看到那套书，引发了后续一切的那一刻。你要收脚，从台阶上下来，径直骑上自行车，回到学校吗？或者，干脆再狠一点，回到那一刻。未然打来电话，告诉你晚上一起去唱歌，她介绍一个外系的男生给你认识时，你忽然心中一动，脸上一红的那一刻。你可以稳住莫名加速的心跳，说出另一个选项：不了，晚上我准备去语音室，再听一遍上午刚上过的精读课。

雨果：不。既然是闭合的，说明退回到哪里，都会到这里。就算不是这样，我也走到了现在。也上了车，进到黑暗里，也双手一拍，有了灯光。无论如何，那些甬道和方几衬托的墙上浅浅淡淡的壁画，我都看过了，记住了。我也和墙上的人，互相道别了。就这样吧。让我继续往下迈步，让我下楼梯，经过收银台，经过畅销书排行榜区域，走到向两旁滑开的自动门前。不管楼下有谁，不管谁在等待，谁在看着我，我都会目不斜视，毫不停留地走出去。

提问人：好吧，可你就不跟我们道个别吗？

雨果：你，你们，都坐好吧。听到发动机的声音了吗？它要启动了。不管是后退还是快进，都可以，守在你们在的地方。等着我。当更加巨大的闭合到来时，我会经过你们的，像第一次经过，像一遍遍经过。

沙鲸

够了，父亲。隔着马路，看见杨溢坐在靠窗的桌子旁。等候绿灯，等候向她走去时，我居然有点激动，说幸福可能都不为过。总算由着性子，不听从要求，违背了大人心意的孩童的幸福。我对自己说够了，我不再是孩童，你也早已不是我需要抬起头才能望见双眼的大人。够了。我决定的时候，就是这么对自己说的。就是又一次听到你这么对我说的。这邮件够了，这延宕够了。你对我说够了，也够了。父亲，从我写下第一个字、第一个段落、第一篇作品，你就在对我嚷嚷。我拿回第一本书，你说够了。我在颁奖会上神采飞扬，回到家小心翼翼递给你奖牌，这次你总该肯定一下我吧，总该认为，不按照你设计的路线，人生也能过得很好吧，但是你没有，你只是举起它，很多次冲我冲母亲举起拳头那样，举起它，砸在地上，在一地碎屑中，背过身去。我看到你一脸的轻蔑。那一刻，我认定，你其实对我没有什么设计，不管我走哪条路，你都会嚷嚷一声“够了”，用你全部的恶意，把我赶开。你，比我年长二十二岁的男人，唯一能做的唯一想做的，就是碾碎我。怎么和你斗呢？只要我的世界还有你，顺从或者叛逆，只要我还试图有所成就，都是中了你的圈套，都是活成你的影子。够了，父亲，够了，没有结束，没有道别，到此为止。你想不到吧，一个人可以自我放逐，你的儿子，他可以在任何时候自我放逐。切断和你的音讯，不被你知晓，就是我幸福的放逐。你以为，我不去当你口中的什么什么……不去干“实实在在的”工作，就会茫然无措，就会饿死成一堆臭气熏天的肉、骨头？够了。我知道够了的意思，属于我的意思。一座接纳我的村庄够了，两三亩薄地够了，几间破房子够了。我不要隐居，不要急流勇退，不要再写一部大作品。我不要。这样，你就听不到我的消息，我不要回去看到你的脸，不要从信纸上看到你的字，不要在听筒这端听到你的声音。我在某个你不知道的地方你不知道的时刻，倒在地上死去，你在某个我不知道的地方我不想知道的时刻，躺在床上死去——无论哪一种，都才勉强算够了。如果知道够了就够了，未免太顺心。父亲，你看，我又回来了。我正在走向这个女人，准备把我的作品，按她筹划的交给她，也许还要把新的小说交给她。在你忘掉我忘掉我的写作时，我又拿出来一部作品，写的还都是你。告诉我，你会惊喜还是恐惧？你觉得自己的一生，至少是作为父亲的一生，是成功还是失败？够了，父亲，我才不要和你纠缠这些。我是为我才写的它。如果一切按我的设计，绿灯亮起，我踏上斑马线，不管走到中途还是哪里，就会有个男人或者男孩冲出来，按照所写的，拿出刀子捅进我的身体。他可以捅一刀，也可以捅七刀，不管多少，他都会说一声够了。然后，对面的杨溢会睁大惊恐的眼睛，向这边跑来，我也会就势躺在地上，带着留在身体里的，刀子的凉意。那个男人或者男孩，他可以是她的男朋友，也可以是普通读者，最好是她的男朋友兼我狂热的读者。反正，知道我居然同意把作品交出来重新出版，居然还有新的东西，他不能接受。他唯一能做的就是拔出刀子，他唯一想说的，就是够了。就像我对你说的，父亲。我在小说里对你说的。

沙子一如既往地落在这个世界。老桑铎找到那扇门，推开它，走进来的这个世界。纷纷扬扬，飘飘洒洒。如果只是远望，会以为是一场没完没了的雪，细小得分辨不出颜色的雪粒被一只巨大的手抛撒出来，充塞天地之间。老桑铎身在其中，自然知道并非如此。当这些小小的颗粒最终落在地上时，从来都不会融化，更不会消失，只会在他脚下累积，把他的视线填满。隔不多久，他就得伸出手来，从前往后，从中间向四周，手指梳过头发，梳掉落在上面的沙子，再往脸上抹一把，在身上掸一掸，要不然，这些形状毫不规整的小颗粒迟早要将他埋掉，就像埋掉门里的这个世界。

老桑铎继续往前走，父亲告诉过他，不管推开哪扇门，进到哪个世界，都不能停下来。往前走，才可能找到塑造那个世界的方法。往前走，才可能在塑造成形后，找到出口，将那个世界放出来，注入其他人的世界。记住，我说的是可能。儿子，剩下的，都是也只是祝福。从他立志成为一名塑造师，跟着父亲学习塑造世界的那一天起，这几句话他听过三遍。一遍是立志时，一遍是他懈怠时，还有一遍就是他离家时。作为一名失败的塑造师，父亲毕生推开了三十三道门，可是每一道门背后都空空荡荡，他穷尽所有的精力，耗费所有的心神，都没有任何可以进行塑造的东西。更让他气馁的是，每当他以为这一次要做的就是塑造一个一无所有的世界时，那空空荡荡中就会出现一扇门，要求他离开，证明他的失败。而那扇新出现的门背后，仍旧空空荡荡。我也不算一事无成，父亲总结时，并无苦涩，至少我能够判断，什么样的世界空无一物，无可塑造。

什么样的世界呢？父亲并没有说。那时的桑铎已明白，这需要他自己去领会。何况，那样的经验都是一次性的，只属于一位塑造师，别的人，任何人，都无法借鉴，更无法验证，即使是那个塑造师的儿子。往前走，对一个塑造师来说，这是唯一有效的劝告。在他先前已经推开的十一扇门背后，桑铎都是这样做的。哪怕是那扇当他进到里面，才知道门背后只有一个等身的世界，完全按照他的身形架构，没有任何多余的空间，没有任何可以使用的物质。他也只是在闪念间怀疑那就是父亲经历过的一无所有，然后就往前走了。是走，双腿无法实际迈出，至少在他的意识里，是一步一步踩在坚实土地上的。当他终于理解一种可能，将那个困身的世界塑造成一片羽毛，他所有的动作都是它在空中的飘荡时，一道光起，他顺着光离开那个世界。再一回首，那世界确实显形为一片小小的羽毛，倾泻进外在的世界，在其中飞扬、飘悠。

现在，少年桑铎成了老桑铎，他还是会在这个世界继续往前。依据他已然模糊的记忆，这是他在这个沙子世界里跋涉的快第三十六个年头，超过此前他进入的每一个世界，也几乎快赶上他之前进入的所有世界。

我就躺了下去。是躺，不是摔，他最后一刀拔出，也抽走我的力气，血往外涌，骨头仿佛也涌出去。就那么软软地躺下，躺在地上看到人像树被风从四周吹拢，围过来，又被风吹开，再围上就没那么密了。哈，当然不，父亲。那个持刀的人当然没有出现，我怎么能允许自己这么虚构下去。怎么能这么轻易地模式化地含糊其词？虽然，躺下去也不错。虽然，躺下去也算打破这些年彼此的沉默，就便还想到几句话——打破沉默，总能领会征兆，你离开海洋，总能得到鱼骨。蓝色的矢车菊在泡沫里绽放，身上是车轮的印迹——但不能允许自己陷入词语的喷涌性谵妄。应该告诉你，我再次写起小说，是因为她，我得到绿灯允许，正经过斑马线，走向的她。杨溢。她仍安坐在桌旁，右手托腮，像是在发愣，像是在掩饰。不认识，判断得出是她。更别说一眼看过去，咖啡馆里没别人。至少靠窗的几张桌子旁边，只有她。和一个各方面相差悬殊的人头一次见面，犹如公开展示的位置总是首选，她也需要尽快认出我，站起来以示礼貌，这是基本判断。抛开这些，凭感觉也是她。没任何预兆，她写来一封邮件，一写就是三年，持续、稳定，每周一封，不说其他事，就说对我作品的了解，就说新的出版计划。全是事务性的，干干巴巴的正式，不谈论个人的阅读感受，只说明时至今日，它们与读者的关系，她打算如何做，如何让新的读者发现它们。语气平静，诉求表达得很淡，如果不是持续不懈地写来，会让人以为和其他人写来的一样，只是兴之所至，能不能成无所谓。按北方话说，有枣没枣打一竿子。可她就是写，不断地写。收了半年邮件，我一直没回，可真的开始考虑把那些东西拿出来了。她那些内容单调的邮件从不让我厌倦，甚至有点期待。也许我的自我放逐是把自己扔进一口枯井，现在有人不停地在井口喊我？无论如何，我对写邮件的人是个什么样子有了猜想，这猜想正可以落实到窗户里边的她。我并不坦诚，父亲，面对你，哪怕不在眼前，只是想象的你，那句话自然浮现——“够了”，还没出口就已说完，还没犯罪就已定刑。不，至少现在不了，这次写作拯救你也拯救我。哦，不管“拯救”是否夸张，忘了它。现在，我能坦然说出口。她的邮件不只约稿，这让我们的关系溢出普通的工作来往。没有暧昧与庸俗，也没有后续，只此一回。那些邮件很规律，每个周五下午三点，雷打不动，内容也固定，可如此的稳定本就是为例外预备的。两年前五月的一个周日夜里一点，她忽然发来一封邮件，当时我已经决定按照她的策划，把旧日小说整理出来。我打算整理好再和她联系。她在那封例外的邮件里回忆了一桩往事，十五岁时，偶然在隔壁镇上见到父亲参与一场斗殴，原因不详，至少不是为保护家庭和家人。她父亲拿着一把锋利的匕首，和她完全不认识的七八个人打作一团，场面混乱，以致她完全分不清楚那些拿着武器的人分作几伙，谁又和谁是一伙。那次群殴如何结束，是否有人死亡或者受伤，她都不知道。她记得的是，她父亲向一个人冲过去，那个人畏缩地躲闪。望见父亲的脸，她逃开了。她还记得，过几天，父亲回到家里，又恢复平常亲切、慈爱的模样，仿佛什么都没发生——这至少证明，他没怎么因为那场斗殴受到惩罚。“他冲向那个人，脸上的怒气、狠劲，仿佛要把那人捅成一块破布，这让他完全变成一头野兽。”她在邮件里这么说。就是这么说的，父亲，仅仅描述记忆中的场景，除了“野兽”，没有任何评述，更不分析当时的心理，事后的阴影。此前此后，她的父亲都是正常的，和其他父亲一样正常。只此一回，后来再没发过类似邮件，也从未提到那封邮件，大概她忘了吧，她说出“野兽”也一定就此忘了那次目睹的斗殴。那封邮件推了我一把，让我看清整理旧稿时心里跳动的火苗是什么。我决定放下旧稿，写一部新的小说。写你。

快三十六年，桑铎一直在这个沙子世界行进，始终没有找到能够说服自己，可以着手塑造的起点。此前的塑造师生涯已让他明白，推开一扇门，进入一个陌生的需要塑造的世界，首要之事，不是从整体上把握它，而是从局部理解它。无法从局部理解一个需要塑造的世界，意味着在其中生存将变得复杂，所有的日常之事都将充满变数，乃至凶险。是的，塑造师在独属于他的等待他完成的世界里，依旧要解决生存问题，这是桑铎推开第三道门后明白的。他甚至想，父亲之所以推开三十三道门都一事无成，也许与他在门后的世界一刻不停地前行有关？

每当产生这样的疑问，桑铎都会摇摇头，不是这样。毕竟，他推开前两道门，进入那两个等待他塑造的世界后，依循的都是父亲的经验，最终也据此完成塑造，成功将那个世界引入外在的他人的世界，自己也得以离开，有机会推开新的门。可明白塑造师在其世界中也面临生存问题，确实让桑铎更加懂得塑造的意义。在前两个世界，他像父亲说的那样，“一刻不停地前进”，别的一切都不重要，不值得停下脚步。吃喝拉撒是纯粹衍生的问题，感觉被触发时，他可以凭借意念让其在虚拟中完成，让身体获得完成的实在感。休息与睡眠更是无足轻重，他只需要协调好身体，让它的各个部分有序地轮休，在轮休中磨合出更高的效率。第三道门后，徒手沿着一道峭壁攀爬至第五天，桑铎忽然被旁边岩壁里一株草莓吸引，它的茎叶瘦小，举着的唯一一颗果实也只有拇指大小。那果实的颜色已经发暗，可桑铎仍旧被吸引，忍不住绕近十步远的道，将它摘下，放入嘴里。

草莓入口之前，饥饿与饱餍生于感觉，止于意念。草莓入口之后，桑铎再也摆脱不了它的汁液带给口腔、喉部，以至于肠胃与整个身体的填充、振奋。由此，他开始有意识地寻觅更多的草莓，更多的别的食物，再也不排斥其他身体官能的诉求，再也不担心这会延阻他的前进，耽误对世界的塑造。说到底，即使他是个塑造师，有一整个世界等待他来完成，等待他将其引入外在的世界，这一切也仍然没有那么急迫。到后来，官能的诉求与所在世界的条件完全融合，桑铎再也回不到以意念解决一切的时候，他也从没想过回去。尽管，他隐隐知道，即使再次不眠不休不饮不食，他也绝不会死于有待塑造的世界——塑造师必须也只能死在和他人共有的世界。

所以，这三十多年来，桑铎从没放松对生存的警惕。前进途中，他时刻关注着食物、饮水，也随时留意着身体的感受，以便有需要时，能够找到适当的地方，停下来休息。这沙子的世界，食物、饮水隐匿的方式，能够被发现的途径，和他知道的沙漠的运转并无二致。自然而然地，桑铎会认为这个世界就是一座沙漠，至少也是一座巨大的沙丘，特殊之处仅仅在于，有风无休止地刮着，卷起地上的沙子，扬在空中。换句话说，这是一个完整循环的世界，沙子不增不减，只是落下、扬起，扬起、落下。这个设想面临的最大问题，是沙子飘扬的方向、力道无法证明风的存在。沙子下落的路线固然有所倾斜，显示不只有重力作用其上，可这倾斜并不朝向一个方向，哪怕就桑铎站立的范围而言。无论他站在哪里，周围的沙子都沿着他的身体，呈流线型，如同大雨浇下。总不能说，风是从上面往下刮的吧？当然，也证明不了风不存在，尤其是，假设这风并非起于一处。有没有可能，同样力度的风从不同方向，在不同地点刮起来？有没有可能，他所有的无法理解，都是因为对沙漠尺度的把握无力？他之前的世界都是精致的，边界清楚的，完全可以从字面上当成“他的”世界，而沙漠超越个人的尺度。

怀着这一谦卑的理解，桑铎足足在沙子的世界里行进了快三十六年，总算搞明白它的基本准则：没有风从任何地方刮起，也没有一粒沙子是从地上起来，再落下。沙子就像单行道上的汽车，只是从上往下。也就是说，沙子的世界并非沙漠，至少不是已知的那种沙漠。

父亲，是你吗？是你的脸吗？狭长的强悍无比的，浓黑的眉毛让各部分更见分明的，你的脸。直到现在，它也没有丝毫映现在我身上，我有的是母亲那圆圆的娃娃相的脸，可天晓得，有多少次照镜子时，我都会恍惚一下，想象着你的脸出现在里面。父亲，是你吗？我有记忆起，就是你，以这张脸对着我，以它的冷漠，甚至冷酷，向我证明人世间的不易，要求我必须以更强硬的表情做出回应。我摔倒，你看，我又一次倒在地上，厂子里的人赶过来，要扶起我，被你喝住。你让我自己起来，我起来。我起来，眼泪不争气地流下，你上前给我一个耳光。哭就滚开哭，你说。父亲，我不敢哭了。那时候，我多盼望你什么时候也摔倒在地，就在我面前。

你哭得像个比我还小的孩子，我不拉你，我给你两个耳光。我想过，两个耳光不够，应该再踢一脚，就踢在你脸上。可是我害怕，你随便瞪一眼，就让我为自己那么想过而害怕。那时候你真是一头野兽，只是我不知道。我不知道你是一头野兽，我不知道我的害怕是面临被野兽吞噬的恐惧。你始终是头野兽，它扑向我的人生，扑向我成长的每个节点，扑向我想要做出的每个决定，将它们撕碎。它丢出一句话，就足以撕碎我的小说。不敢与野兽斗，我就逃离。逃得时间、空间都足够远，我才能设想一下，总有一天你会衰老，你会死去，野兽也终究会成为人们炖汤吃肉的食物。闲置自己二十多年，我是不是感到了你的衰亡才重新写的？我不知道。我知道的是，它是小说，可它更是你的传记，你灵魂的传记，一头野兽的传记。小说里那个带领众人开荒辟野，建起一座村庄，将村庄建成一座城市的人，不就是你？你从来不自诩，但你拯救了整个厂子，是厂子里三千多号人的头领，是他们的父亲，这是从小到大，他们用一句句话敲进我脑子里的。接下来呢？我接到母亲的电话。对，我还和母亲保持联系，这么多年我对你不闻不问，从不回家，可我和她保持着联系。她从不怪我，也从不要求我回去，更不要求我理解你。有时候，我以为她挨了你那么多的拳头，被你奴役那么多年，自己无能为力，就把我的远离当成对你的惩罚，她通过我表达对你的恨。她那个电话让我知道自己错了。我才明白，我之前那样想就是你的思维烙印，就是野兽撕碎猎物的念头。进而，我欣慰这么多年的逃离，欣慰以沉默以无所事事自我闲置。归根到底，那不是害怕被野兽吞噬的恐惧，是害怕自己也变成野兽的恐惧。父亲，你知道吗？那个曾经在你拳头下哀哀饮泣的女人，个子小小、脸庞圆圆的女人，她在电话里说，你老得不像样子。她告诉我，你是怎样被人合谋，从你以为自己天然就该终身占据的位置上被人赶下来。这不是最大的打击，那些络绎赶来看望你，宽慰你，为你流下眼泪，为你愤愤不平的人，他们转身离开，继续工作，开始歌颂厂里新的头领时，你才受到真正的打击。过了两年——她听从你对命运的观察，忍了两年才在电话里说起这事——过了两年，你发现厂子居然比你执掌时，效益更好，局面更开阔时，你彻底垮了。离开你，世界不仅正常运转，还运转得更见风生水起。她只是说了这些事，“老得不像样子”，没有再说其他，没有提出任何要求。你是儿子，原谅他，看望他。她没说。你总该回来，不要再赌气。她没说。她也许不知道我这些年的状况，她也许太知道我这些年的状况。她也许没话可说，她也许有太多话想说。是呀，那群悍匪闯进来，占据城市，统治市民也统治他时，他和他的妻子不也什么都没说？她不知道，她的电话提示了小说的变化。就像杨溢不知道，她的邮件促使这个小说发芽。她和她，说的都是一件事，理解一头野兽。不要在它死掉后，对着它的尸体去理解，那只是一堆肉。理解一头野兽，至少在它风烛残年时，她不就是在你彻底老掉后，连对她挥舞拳头的力量和兴趣都没有之后，连呵斥她到中途都自觉没趣的时候，理解你的？她不就是在写下“野兽”的那一刻，理解属于她的那头野兽？够了，父亲，我知道怎么理解你，怎么理解你的脸了。你自然不屈服，你带领市民继续和悍匪周旋，可惜此处没有英雄，每一次你都被打败，跟随你的人都被打垮。十多次的遍体鳞伤，十多次的伤口愈合，卷土重来，没用多久就没有人再跟从你，他们发现悍匪统治下也能存活。你孤身一人，继续挑战，没法造成大的麻烦，只图让他们心烦。他们果然心烦了，发了狠，要求你要么加入他们，能捞点油水，能报复那些离你而去的人，要么就蜷缩在房子里，再也不要出来，只要你到房子外面，被阳光照晒，见了天光，就从你身上剁下一个零件。高潮来了，父亲。化身在小说里的你，困在屋子里三天三夜，抽了无数支烟，双眼熬得通红，正是要搏命的野兽。化身在小说里的你的儿子的我，同样在房间里待了三天三夜，但我没有抽烟，我在磨那把你作为生日礼物给我的匕首，把它磨成一颗坚忍的心。你推开门，我跟随你。我知道，你不是再去挑战，你是去屈服、去加入。你没有机会，你来到悍匪啸聚的酒馆门前，踏上门前的阶梯，我就会赶上两步，匕首将会捅进你的身体。父亲，冰凉的匕首进入你温热的身体里时，我会告诉你，够了。在那一刻，小说里的我会理解小说里的你。过了马路的我，会理解老得不成样子的你。甚至，原谅你。现在，我将走进咖啡馆，走到杨溢面前，不和她谈出版，就谈谈我们各自的野兽。

沙子从天而降，从无休止。确定这一点，接着的问题自然而然：地上并没有日积月累，眼见得增高，为什么？老桑铎意识到问题的解答将是他塑造沙子世界的起点，这让他不禁一阵激动。确实老了，伴随激动而来的还有眩晕，需要站立原地，静待眩晕过去。就是因为我不停地行进吗？他忽然想。如同漫天飞雪中，一个人不停地走，他才总是踩在新鲜落下的雪花表面，而没有被覆盖。可也有休息啊，就算他形成了无意识的条件反射，休息时也能不断撢去落在身上的沙子，至少周边一只手之外的地方，总该积起来吧？但并非如此。为防止沙子在他入睡后落入眼耳鼻中，或者落进偶尔张开的嘴里，老桑铎已经练就打坐一般的休息方式，每次他睁开眼睛，盘着的双腿周围沙子也并不比其他地方高出多少。莫非和不断落沙的天空一样，落下的沙子积聚的地面也是流动的？以超出人能够察觉的方式与速度，沙子保持着它们内部的均衡？

问题接踵而至，没有一个有现成的答案。这也正常，这些问题互相关联，环环相扣，只要解答一个，其他的不说迎刃而解，至少也离答案不远。不管怎么说，老桑铎决定，都可以抛开父亲的建议，停下来，不是为休息，而是为观察这个世界的另一种可能。想到就做，老桑铎没有再挑选地点，因为过去几十年的行进让他对这个世界有一个无法证实的猜想，它是无边无际的，可它又是有中心的，它的每一处都可以作为中心，只要你认为它是——这绝不是比喻，而是这个世界众多奇异的地方之一。因此，老桑铎就地坐下来，他相信，这一次将决定对这个世界的塑造。他要求自己，必须静下来。像一粒落在地上的沙子那样静，那样与这个世界融为一体。

这并不容易做到。第一次不是为休息，更不是为睡觉坐下来，他很长一段时间都无法解除行进的幻觉。因为人的行动，沙子落在衣服上的地方不同，力度也有区别，因而那唰唰声既有时间差又有力度差，坐下之后，这两样差别也有，可都已细微到超出他的听觉范围。现在不是，他坐着仍觉得自己在行进，注意力仍是开放的兴奋，总会给落在身上的沙子叠加想象性的时间与力度的差别。如果一直这样，也就算了。问题在于，他的心底总有提醒浮现：你现在听到的感知到的，都是幻觉。这两者的交缠让老桑铎额外疲累，坐下没多久，额头、脖颈与前胸、后背，都浸出一层汗来。又过一会儿，汗水开始冷却，他开始困惑，究竟哪一样才是真实的，哪一样才是幻觉。

老桑铎心知不对，他要求自己，这些都放在一边，连自己和一粒沙子融合的事都不想，沙子落下就落下，落在身上就落在身上，落在周围就落在周围。那感觉总算不再无休止地追赶时间与力度的差别，慢慢地，它们对他无足轻重，开始后退、消隐。这样又过了一段时间，老桑铎闭上眼睛。就像泥沙捏合的人偶，被扔进水中，水的浸泡让人偶崩散，让它漾出一缕缕泥水的线，弹射开一条条沙子的路，泥沙掺和，水变得浑浊，但这只是暂时的，泥与沙终究都比水沉得多，随着它们下降、落在水底，水慢慢地再次澄清、透明。老桑铎的心就如这水，各种思绪杂乱、纷沓，几十年来行走在沙子世界中的脚步声吵嚷着回归，目之所见的一片昏黄的层次不辨的光也总在眼前萦绕不散，随着他坐下，闭上眼睛，它们渐次降落，伏在意识最低处，不是单纯地澄清、隐没，而是得以化解、消融，最后消失。

随后，一片清冷中，一个声音浮现。不是声音，不是单纯传入耳中的音响，是可以扰动身心，将他整个人纳入其中的一种节奏，舒缓的，稳定的，甚至湿润的，让人彻底松弛的节奏，如同呼吸，如同吞吐。老桑铎没有睁开眼睛，但是他看见了，他看见整个沙子世界显现出生命，鲜活的永远无法让其死寂的生命。这生命将他包裹，将他放置在其温暖的内部，如其大无匹的无处不在的空气，如空气中的水分。这生命又在他体内穿梭、来往，将他当成自己的宇宙，汲取全部的滋养，获得完整的空间。这沙子世界，同时在老桑铎的身外与体内，同时在塑造他又被他赋形。沙子世界和老桑铎，在他于清泠中有所知觉，在他无须睁眼而目睹亲炙时，与他成为一体又各是其是。

到这里，老桑铎得以睁开真实的眼睛，他确定眼前纷纷扬扬、飘飘洒洒，如同被一只不止歇的手抛撒下来而成的沙子世界，可以有生命。作为塑造师，他不会幼稚到直接把它当成某个动物的幻影，或者某个他把握不住整体样貌之物的嬉戏。不，这世界是那有生命之物亘古以来无休无止活动的结果，但这并不意味着要给眼见之物添加额外的色彩，更不意味着直接将它交付给神秘之物、不可解的因素。就算它可以用那种方式解释，他作为塑造师，也正是要在此刻斥退那种解释，而以具体的形象，将它带到眼前，带至倾泻的出口前，把它引入外在的其他人的世界。

桑铎收敛起不久前被放逐的心神，激活被他置于枯寂状态的感官，他让它们活跃起来，去感知那隐藏在沙子世界内部的生命，去触摸它在这渺茫无边的浩瀚无匹的世界中无始无终存在的荒凉与生意，去体贴它在一张一弛的节奏中生成一个世界的冷漠、坚定，以及爝火一般若隐若现却绝不会被扑灭的暖煦意念。

然后，桑铎以他衰朽得只剩下感官的身体听到布满沙子世界的歌声，低沉的单调的，由几个音拉长、压缩，却纯然优美的歌声，犹如电流的手指无一丝紊乱地无一个遗漏地，编排有序地拨弄着每一粒降落在地的沙子，每一粒犹在空中的沙子，所组合而成的歌声。

游弋在沙子中，喷吐着沙粒，构成沙子世界的，鲸的歌声。

该倒带了。刀子捅进去，带子倒起来。咔啦啦，咔啦啦，寂静中声音响起，咔啦啦，磁头飞速旋转，磁带

卷成一圈一圈，内容仍旧，时间的容量没有变化，顺序倒过来。咔啦啦咔啦啦，咔，卡住的话，伸手一拍，继续转起来。咔，断掉的话，拿出来，用透明胶带粘牢，会抹除一点点声音，别有意味，谁能保证不会意外夹入一小片空白。空白如果全部落在事先的留白里，谁还持续不倦地给予意义？再倒，倒带，快进，快退，快进。父亲，是你的脸。我听出来了。刀子在我脸上修饰你的脸。剃掉我的眉，刻出你的眉。嘿，这长长的一根根血之眉，排列起来绕什么东西一圈。什么呢？杨溢站起来。固定地立在原地，自己不必旋转，只等别物前来。试问任何有限之物，予以无限次分割，必然等同于无限序列本身，就此断定前者多于后者，无限A多于无限B，可以吗？她认出我，开始调配表情。刀子无限制游走，一张脸将被刮得无限薄。皮肤再薄也包得住一群肌肉组织，一洼随时可以如注而下的血。游走必然受到限制。到此为止，嗯，就这么停在眉弓上。空空如也的眉弓，挑起一部分尘埃，一部分汗水，余下的轻蔑，就让它顺势流淌。轻蔑，你挑起眉毛，眼神挂不住这世上最轻量级的砝码。调配完毕。她笑，共谋的笑。如果你能做成一件实际的事，我把眉毛剃下来请你喝酒。眉毛，咔啦啦，眉毛被倒带的声音剃掉，剃刀就能转上一圈。镜头转动一下，给我背影，呵斥的是你，挨骂的是你。磁带扔掉，光盘可以，再往回倒一点。在假设的时空里，你有修好的意愿，你看，你看嘛。这难道不是你的姓？你尚在人世，我要这个姓做什么？还不是你的，还不是跟从你。你看，月亮从窗户外升起来，玉般温润，悬挂，俯瞰，一只兔子蹦蹦跳跳，别无去处。不，甜蜜的笑，爱人的笑。酒呀，父亲喝，儿子喝。父亲，磁带倒至尽头，万事重新来过，我们坐下来，喝一杯如何？你得到修正，我也得到修正。本来就是以你的修正修正我。她偏过头，目光从我脸上移开。我居然忘了，你说过，老家门前那棵桂花树是我出生那天，你打电话让爷爷种下的。温情呀，你不是生就冷血，是什么磨炼了你？桂花枝头挂得住一个月亮。月亮映照，满室生辉。就坐下来，一起喝吧。书递给你，这个是你。指一处，喝一杯。咔啦啦，继续倒着放，没多少内容了，定一个时，准点从头放，选定模式，这一次放完，它自动从头开始。先进了很多，一辈子还不是先进了很多。咔啦啦，

咔啦啦，哦，换成这样的形式，也好。幻灯片的顺序是个困难活，一帧帧看下来要花多少时间。守着嘛，守着它出现，淡入淡出，左边进右边出。右前方，男人哦男孩出现，三枚耳钉闪亮。她转向他。怎样？我守着你，说到做到。如果你争点气，如果我争点气，一起来嘛。放进去，终是一场置换。无所谓拒绝，谈不上主动权，但也无须商量。它修饰成你的脸。修整出你的时间。刀子离开眉毛，竖起来，沿着脸颊往下如何？犁沟两道槽如何？脸皮是薄的，再厚也禁不住折腾，疤痕是新生，新的宣言的力量。再验证又如何？我就睁大眼睛，瞪着，你松开手吧，松开，时间和沙子都漏下来。不会眨眼。我不会眨眼的。最后一杯之前，我不会眨眼。告诉你。咔啦啦，沙子落在磁带上。嗯，沙子落在每一张幻灯片上。哦哦，等等。拥抱，她紧紧抱住他，脸贴在他脸上。没有亲吻，但亲昵显然。和嫉妒无关，只有困惑。她是杨溢。我确定。约一个人的同时约另一个人。更正。为保险为安全，带着一个人约见另一个人。不谈野兽，只谈出版。这是根本要求。哦哦，等等。我领会了。这是那个设想中将会捅我，或者我刚才过马路时，在斑马线上已经捅了我的男孩。按照约定，我应该推开门。走到他面前，握住他的手。听他对我说，同时我又对你说。够了。

沙鲸。老桑铎激动地站起来，在落沙中向前疾行几百米，才冷静下来，放慢脚步。没错，这沙子的世界正是沙鲸的产物，他看到了塑造的框架，完备的形象也呼之欲出。往回退一点，不能说沙鲸的产物，这世界不是沙鲸的产物，这世界就是沙鲸。再退一点，退得足够远，这世界确实无边无际，可它确实有中心，沙鲸就是它的中心，游动的时刻推进时刻固定的中心。

中心不重要，老桑铎冷静如冰。现在必须理解沙鲸，塑造沙鲸，只有沙鲸具体了，这个世界的塑造才算完成。最初的疑问已得到解决，这从无停歇的沙子确实是从天而降，它们就像鲸喷出的水柱一样，喷向空中，再纷纷扬扬落下。等一下，这里卡住了，老桑铎一番检验，还好，不是根本性错误，只是细枝末节的不严谨，稍加修正即可。沙鲸并不等同海里的鲸，它生存于沙子世界，也可以说沙海之中，必然有它特殊的地方。不像海里的鲸那样，喷出空气，由空气带动水形成喷泉——

或者空气里的水汽，算了，不必那么严谨——沙鲸实实在在喷出沙子。它游弋于沙海，喷出沙子，一种自产自销，自销自受的循环。

桑铎停下，聆听沙子世界的响动——没有任何变化。自然，没有这么简单。他继续走起来，往下塑造。一头沙鲸确实保证不了沙子毫不停歇地降落，数量必须往上增加。两头，这依循的法则过于简易。三头，这是完备的足以无穷尽的数量。三头沙鲸，它们游弋于沙海，吞入迎面而来的沙子，再将它们喷撒在空中，落在地面。这样互相也有替换，毫无间断。他在这个世界里的近三十六年时间也有完美解释。这一关联不禁让他神清志明，瞬间算清楚，自己推开那扇千年古松根部的大门进入这沙子的世界，已经三十五年三百六十四天二十三小时零五十分。再有十分钟，他就在这里待满三十六年。如果这十分钟内他不能塑造完成，也许会再待三十六年。

但不必了。三头沙鲸，它们共同成为这个世界，这一次不会有错。老桑铎信心满满，再次停下来。这一次……这一次仍旧没有响动。哦，怎么能犯如此低级的错误？他嘲笑自己。如果是三头，它们各自摆动身体，巡游各自的领地，那么沙子的降落一定有倾斜，互相会有重叠，重叠早就会被沙子降落的不均匀证实。根据他的行进与观察，不均匀的猜想显然不吻合实际。老桑铎拍拍脑袋，做出修正。确实是三头沙鲸，但它们拥有一具身体。三头沙鲸在一具身体里互相依存，轮番休息，互相补给，又相互修正，这才保证沙子下降的速度与密度，如此的均匀恒一。

修正刚刚给出，老桑铎就感到脚下的颤动，沙子被翻炒似的流动、翻滚起来，双手无须张在耳畔，都能听到那明确的歌声，不同于之前的感知，现在是如此的清晰清澈，如在眼前。老桑铎稳住身形，准备见证沙鲸从沙海中浮现，也许它们还会张开唯一的嘴巴，让他把手伸进去，摸到那粗糙的舌头，舌头的边缘。可是没有，沙子流动一下又停住，响声传递到他耳里又消失。这是什么情况？老桑铎从没遇到。有就是有，没有就是没有，给出绳子必然能从后面牵出牛来。而现在，绳子悬在空中，被拉到眼前，绳子后面的牛却凭空消失了。

只有五分钟。老桑铎没有时间去着急，更没有时间发脾气，他收摄心神，全部的心力都放在这又三又一的沙鲸身上，以免一不留神，它们游走，消失。对，没有解决的问题是，沙鲸为什么要在这里。仅仅是为了吞吐沙子的游戏吗？游戏不是不可以，但这个量级不能如此低级。沙鲸是有目的的，可以说它们就是为了等待被他塑造成形，可这并不是最终目的，他的塑造也仅仅是手段，被借用而已。

对了，老桑铎彻底明白。想到这里，他大喘一口气，想停下来，可是已经由不得自己。是沙鲸没错，这沙子的世界是沙鲸游弋的世界，是它喷射、嬉戏的玩具，可它也是它的身体。沙鲸在这沙子的世界入乎其内，出乎其外，可以说它和它的沙海是同一。但它在老桑铎动了意念，为塑造做准备的那一刻，就开始在外面的世界游弋。它吞吐迎面而来的一切，它把整个世界，完整的宇宙都纳入自己的体内，同时又放置面前。它吞入迎面而来的一切，将它们消化成沙子。终有一刻，在它身体里面又在他眼前的世界会被完整消化。那时候，老桑铎熟悉的能够知道的时间和空间，都将只剩下均匀的不断落下的沙子。唯一的活物，只有彻底把游戏当成目的的沙鲸。

到这里，老桑铎总算明白，以前自己和父亲一样，认为他推开三十三道门，门背后都空无一物，那是一个塑造师人生最大的失败，实际上，那是最大的幸福。

但这已经是老桑铎多余的念头，因为塑造完成的沙鲸，正向他游来。

杨溢回到租住的房屋时，曙光已从东方扩散开来，拉得密实的窗帘都遮挡不住。“你太累了，回去歇歇，我照顾你爸就够了。”母亲说。她确实太累，从三天前父亲手术到刚才，一直拘在医院，忙前忙后，日夜照顾。偶尔能趴在父亲的床边打个盹，可就算打盹，她也保持着随时可以睁开眼睛的警醒。

现在又怎么睡得着？杨溢在床边坐下，一帧帧过往的和父亲有关的画面在脑子里走马灯，它们并不匀速，清晰度并不相同，可它们也并不随她的意志而停留而放大。画面的流动中，这几日因忙碌而延阻的担忧猛地在她身上发作，她才真正意识到，过去这段时间，她随时都可能失去父亲，尤其是他手术那几个小时。也是这时候，她才感受到时间之痛：来北京已经五年，已经五年没怎么和父母有过交流，连好好坐在一起吃顿饭都很少，而她五岁时骑在父亲脖子上看花灯的情景，仍清晰如昨。

不管怎么说，父亲算是挺过来了，她也挺过来了。“爸，你可要好起来。”杨溢出了声，仿佛父亲就在房间里，就在她对面。现在，她确实需要睡一觉，歇不了母亲以为的那么长的时间，至少也得恢复精力，够她去社里处理堆在手边的工作。这时手机响了，是她从网上找来的座头鲸寻求朋友的声音，专门用来提醒她有工作邮件。

一封定时发送的邮件。“杨溢，你收到时，我已经推开第十三道门。”主题就这么一句话，附件是一个word文件，发件人桑铎。杨溢并不喜欢桑铎，可她确实喜欢他的作品，三年前偶然看到，她断定，他的作品很适合现在的读者。又听社里前辈讲，桑铎二十几年前很受关注，可惜很快销声匿迹，据说完全停止写作，过起了隐居生活，她知道，这可以操作出当下需要的噱头。只辗转找到桑铎的邮箱地址，杨溢发去问候，并提出将他以前的作品重新出版——她没问对方是否还在写作这么不友善的话。况且，真在写着，也未必能比以前的好。桑铎没回邮件，可至少那封邮件没被退回。杨溢鼓着劲儿，写去第二封第三封，后来干脆把它变成每周的例行工作。核心意思还是那么点儿，有时候会稍微扩散开来。但桑铎从未回话，就像一堵只负责吸纳的墙。有时候，她对他的沉默感到愤怒；有时候，她又把他的沉默当成信任的表示。但她从没有写去超过工作范围，超过他的作品她的选题的内容。

现在，他忽然回这封邮件是什么意思？没有必要揣想，杨溢下载了附件，要打开，手机提示：文件设定为直接打印，请确认。杨溢点了确认。永远候着的打印机的蓝牙闪烁一阵，发出声响，开始打印。那是桑铎的小说，题目是“沙鲸”两个字，又画一道线，表示删除。桑铎此前并无这个名字的作品，再扫几行，能认定，他之前也没写过这个内容。新作品，刚刚完成的？杨溢迅速看起来。小说双线交织，一条线以第一人称意识流动的方式，讲述一个男人和他父亲的纠葛，另一条线则是一个带有奇幻意味的故事，一个男人在沙子的世界行走，一切也似乎和他父亲有关。小说笔触晦涩，有的地方过于紧实，有的地方又留白过多，让杨溢一时间判断不清楚，这是正文定稿，还是草就的初稿。

不等她进一步判断，打印出来的第四页就出现问题。前面七行还是正常的仿宋体五号字，接下来就是一片黑。也不是一片，就像正常的文字一样，只占据版心的面积，也有分行，每一段也前空两字，每一段首尾也都清晰。只是在应该显示文字、标点符号的地方，是一行行的黑墨，就像有人选中文本，再做了“突出显示”的处理，只不过颜色选择为黑。

杨溢愣了愣，手机出了问题？她伸手去拿，却发现离手机越来越远。不对，是手机在向后退。不对，是她和手机在相互远离。杨溢吓了一跳，站起来。站立的一瞬间，没有砰的一声，却有那样的时刻，她的房间猛地扩张开来，像是突然被大力吹胀的气球。房间的六面都往各自的方向加速退去，整个空间急速膨大。杨溢还能保持站立的姿势，却也相对或绝对地向下坠落，而房间里的一切早已在她周围飘浮。打印机还在工作，不过也受到影响或者得到改造般，打印的速度加快，每打好一张就弹出来。

打印的稿子就这样飘飘扬扬弹出，遮挡着杨溢房间里的上方，填充着越来越大的空间。除了下坠，也没有别的事情可干，杨溢干脆摒除其他念头，抓住能抓住的打印纸，继续看起来。大部分页面上仍旧“写满”黑色色块，但它们并不一样，那黑色的地方深浅不一，有的地方甚至是浅浅的灰，也许不到黑色的百分之十，但仍旧没有字。不同程度的黑色一行行一段段一页页分散开来，就算原本有什么规律，也因为飘散而打乱了。也有少数几页文字，还在继续开头的两条线索，不过推进缓慢：一方还在与想象的、认定的父亲纠缠，一方还在无边无际的沙子世界行进，猜想、追逐着一头沙鲸。

打印机发疯一般，拼命向外弹射打印好的稿纸，每一张的力度和角度都不同，就算在持续扩充的房间里，也分布得越来越密。杨溢随抓随看，看到后来，她冷静下来，她想知道，这个小说究竟如何结束，这件事又会如何结束。然后，她停止抓取身边的小说稿，凝聚心神于一处。又过了一刻钟左右，没有任何提示，打印机的声音就消失了。

杨溢不知道是没有纸张还是已打印完毕，也不需要等待多久，就在她抬头望向打印机时，一张纸穿过如雪花飞扬的其他纸张，来到面前，那缓慢而坚定的身姿，一望可知，正是最后一页。杨溢双手持定，看见半页纸仍旧布满黑色的条块，看颜色像是百分之百。就这样结束了？杨溢满怀失望，桑铎未免太故弄玄虚。她的整个身体也开始失去平衡，向下坠落。

且慢。下坠中，杨溢再看看手中那张纸，最后一行黑色条块下面还有内容，那是一个汉字，整个页面上唯一的汉字。五号的，并无加粗的黑体字，它另起一行，前空两字，兀自站在那里，像是从前面几百页纸里逃脱出来的，又像是带领那几百页纸里的文字终于抵达显形之地，让杨溢禁不住念出声来。

是

出声的一刹那，整个空间静了静，停止膨胀，杨溢的双脚也落在实处。顾不上确认是否落脚在原来的地板上，杨溢又对着那张纸，刻意地大声地念出来——“是！”这次是真实的砰的一声，A4纸在她手里散成一团流沙，崩散开来。砰砰声四起，她抬头四顾，之前飘散的每一张纸，都变成沙子，纷扬散落。

没有来由，杨溢认定自己变成了一头沙鲸，吞吐起这个房间里的一切。

后记：几种现实或一种真实

李宏伟

不完全的现实

记得十余年前在长篇小说《丁庄梦》和《风雅颂》的写作之初，面对现实与世界，我是经过自觉并自我而严格的一审再审，一查再查，可今天回头来看这些作品的写作与出版，到底还有多少艺术的蕴含呢？

——阎连科

钥匙完全插了进去。转动。咔嗒一声。

左手握住了门把手，正要推开门，你停了下来。看一下时间，耗费了七天，刨去四十二小时睡觉，三小时吃饭，一小时休息、擦汗、方便，整整工作了一百二十二个小时，配好了这把钥匙。现在，你停住，然后松手，离开门。

是夜里十二点。外面要么漆黑一片，要么是微弱的人造光，要么是刺眼的人造光。无论黑暗或者人造的光，都会降低喜悦的强度。必须等到日光大亮，插上钥匙，推开门，走出去，才对得起如此的辛劳，才能充分享受外面的喜悦。你上床，盖上被子，尽管房顶上悬吊的灯管照例不会熄灭，你仍然和前几天一样，入睡迅速。差别是，这一夜睡得踏实，无梦无魇。

醒来是八点。早餐照例摆在了工作台一角。看看餐盘上的面包和水，还有那一小碟细盐，你的手伸了出去。还没摸到面包，又缩回来。你笑。不需要了。你站起来。钥匙还插在锁眼里，握住门把手，转动钥匙，咔嗒一声。门丝毫没动。稍一留神，在锁上方二十厘米处，是另一把锁。那种老式的黑色弹子门锁，除了颜色更黑，和之前那把一样。

第一把的钥匙只能插入新锁一半，费了不少工夫才拔出来。晃晃门把手，使劲砸几下门，毫无反应。门没有开。门外没人响应。你回到床边，坐下，发了一会儿呆，平稳了呼吸。然后拿起面包。

吃完面包，喝完水。回到门边，瞄瞄新出现的锁，用铁丝捅捅，拍拍门与锁。凭借这一系列动作回馈的声音，你从工作台上选出一块黄铜条，动手制作第二把钥匙。坐下的那一刻，心头浮现一阵轻松。轻松前所未有。时间短暂。回味悠长。

又是七天。第二把钥匙完全插进去。转动。咔嗒。第一把钥匙再插回第一个锁眼，同样一声咔嗒。连续的声响让你得意，得意中又有些许失落。挑衅或者召唤，你闭上眼睛，在心里默数到十，睁开眼，没有什么发生。再闭上眼，数到二十，索性数到一百。九十一到一百，你拖长声音，加大间隔，声音也有点发颤。

睁开。果然。紧挨着第一把锁的下方，出现了第三把锁。颜色更黑了一些的黑色弹子门锁。应验的心酸与喜悦让你浑身战栗，双手撑着门，站立许久。随后，你回头，走到工作台旁，再找出一根合适的铜条。

就是这样，时间以每七天的频率流走，你的双手在锁、钥匙、面包、水和其他物品上来回。变化也有。锁出现得越来越快，积攒在那里等待你配钥匙。锁出现的地方越来越多，锁闭门的缝隙处，并无关系的门板上、墙壁上、工作台上，无处不可以出现。后来出现在床单上、马桶盖上、天花板上、地板上，甚至出现在钥匙上。

锁的颜色越来越黑，黑可以一再加深，这超出了你的想象，却得到了眼睛的证明。你不知道这是变化还是不变。

不停增加的锁锁住你身处其中的空间，你毫不怀疑这个空间在变小，但是你对此并不操心，有钥匙等着你去操心。锁并不是逐步推进，占据完一个地方才进攻下一个，但是你知道，它们一定有你无法掌握的规律。

锁在面包和盐上出现后，你放下手上的工具，在满是锁的空间躺下来，等着锁在水中出现。这时候，你听到了风从锁上刮过，听到了风从钥匙上刮过。

你不确定，阳光是不是从锁眼里，贴着钥匙，漏了进来。

失败的现实

“失败”的实感虽然是个体的，但是“失败”的内涵却是相互生产的。“失败”已经不仅仅是个人的事情，而是整个社会的事情。对于今天的中国年轻人来说，失败的阴影是巨大的，以至于已经无法按照正常的价值标准来进行生活……

——杨庆祥

第一天，经理就告诉你，只能待在电梯里，哪里都不能去，哪一层都不能去。然而，经理刚说完，就咧着嘴笑了。老老实实在电梯里待了几年，老老实实一直为住户们开关电梯几年后，你想起经理的笑，忽然明白那是一种鼓励。

第二天晚上，住户出去后，电梯停在了十三层。久久没有人按钮，隔着电梯门，你听到了一阵歌声，似乎还夹杂一阵笑声。像是经理的笑声。你按开电梯，走了出去。楼道里光线暗淡，抹到墙上或者甩到地面的影子都因此额外瘦长、细弱。歌声在深处，你继续往里走，两旁的房门大多数都关闭着，没有光和声音漏出。

走到尽头，那家门旁摆着一盆长势旺盛的虎皮剑兰，一皮皮叶子在夜里也仍旧如剑似戟地迎候着。这时，房间里的歌声也往上扬了扬，带出点轩昂的英气，你莫名地得到了鼓励，伸手按了门铃。响过之后，没有人应，再按。到第三次，歌声停下来。第四次，防盗门后面的木门打开。

老人隔着防盗门的门栅看着你，眼神单薄，并无惊奇并无询问。你不知道说什么，等了好久，在老人的注视中败下阵来，转身离开。回去的途中，你再次听到笑声，似乎又有歌声，但是你无法再停下来分辨。幸好，电梯仍旧在十三层等你。

第一次走出电梯的遭遇并没有让你灰心或者恐惧。不到一周，你找了个机会在九层走出了电梯。同样是夜里，但没有第一次那么晚。这些人家居然都敞着门，毫不避讳屋里的声响传出来。他们在楼道里打牌、下棋、抽烟、聊天，还摆开小条桌，摆上几个小菜、几瓶啤酒，围着喝了起来。

你小心翼翼地从他们身边经过，跨过横伸的腿，绕过桌子的角。在灯光过于明亮的门口，你甚至低下头、侧过脸，生怕有人认出你来，生怕他们责怪你离开电梯，呵斥你甚至打你。都没有，有人对你冷漠，有人对你热情，还有人叫你坐下来喝两口，但没有谁认出你。

他们的表情，仿佛你一直就和他们生活在一起。也不妨说，没有人的表情是单独为你准备的。

走上几次，你的胆子越来越大，不但每一层都去，还敢在白天走出电梯——尽管只有过一次，尽管只在电梯门口站了站，就溜了回去。有时候，你觉得每一层都不一样，人不一样，生活不一样。毕竟就算是你，也看得出来他们的穿着、饮食、生活有着或大或小的区别。何况，不同楼层的人占据的房子大小不一这一点一望可知。那个单身女人独自占据了二十七层整层，灯光亮得胜过阳光，并且任何地方都没有影子让你着实无法忘记。

有时候，你又觉得每一层都一样，不管那些人在电梯外面是什么样子，不管他们在电梯外见到你有什么反应，进了电梯，告诉你楼层后，他们都转过身去，沉默地背对着你。

每当这个时候，你就想起经理在说完“只能待在电梯里，哪里都不能去，哪一层都不能去”之后，那咧嘴的一笑。你还想起，经理笑完之后，又说：“顶楼也不能去。”

那时候，你就决定，就算哪一天，真的有人要求你把他送到顶楼，到了之后，你也决不跟在他身后走出电梯。

抒情化的现实

对于时代而言，对于生命而言，只有变化是永恒的。因此，抒情只有与一个个具体的时代发生关系，从中获得养分，才能构成张力。

——岳雯

“那个女人不冷吗？”钥匙插进锁孔的时候，你自问了这么一句。想了一路，以这种方式说了出来。自然，没有人回答。再自答一句也不是不可以，可那未免太奇怪了，尤其是已经这么晚，尤其问得那么大声后。

推开门，打开灯，走到客厅沙发旁，放下手里的帆布袋，取出里面那几本平装书。你想要坐下来，喘口气，喝口水，却不由自主地转了身。

用洗手液洗了手，从卧室衣柜里找出前女友那件驼色大衣——“给你留个纪念吧，不想纪念时帮我扔了。”她说——你又锁了门，下了楼。

路上没几个人，除了醉汉，都步履匆忙。路两边的店铺也多关了门，还开着的那家饭馆灯光昏暗，深处一张桌旁坐了几个人，不知道是店家还是顾客。在此之外，一路上便只有冷风，掠过树枝、电线、栅栏，在房角与街角拐弯，发出尖锐啸声的风。

你过了两条街，上下了一座桥，看到了地铁站已经闭灯关门，才来到那座地下通道入口。

那个女人站在通道里挨着台阶的一头，一身初夏或初秋的白色薄衣。她抱着双臂站在那里，不像是因为冷，也不像是在等人。走得再近一些，可以看清她脚下是一双低跟的小皮鞋，可以看到她右手夹着一支烟。当然，更感受得到她的明丽，浑身散发出来的优雅气息。让人心生亲近，忍不住想为她做点什么。——半个多小时前，你从她身边经过时，正是这样的感受，这样的想法。

现在，你站到了地下通道这边的入口，你沿着台阶走了下去。十三级台阶，双脚都能记住这个数了。向右一拐，你就能看见她了。她果然还站在那里，手里依然有一点若隐若现的火星。

你停住脚步。不是因为女人发现了你，或者因为羞怯，而是你听到了嗒嗒的声音。这嗒嗒的声音由远及近、由轻至重，几乎没用什么时间，它们因为进入了地下通道，拥有了轻微但完全可以听得出来的回音。

你站在那里，看着先是头，然后是脖子、前腿、身躯、后腿，直至完整的一匹马沿着台阶走下地下通道，站在女人身边。是火红色的马，它站在地下通道里像是一堆熊熊燃烧的火焰，它挨着女人站住就像是挨着一块不会融化的冰。

女人并没有给你多少愣神的时间，她翻身上马，双腿轻夹，伸手在马身上拍了拍。火红的马迈步跑了起来，马蹄踏在地下通道的水泥地面上，发出了梦幻的空蒙与硬地的坚实兼具的声音。

马很快跑过你的身边，轻捷地一转弯，跑上了台阶，跑出了地下通道，载着马背上的女人消失在你的视线外。只留下了一串马蹄声，给地下通道，给站立的你，给你怀中的驼色大衣。

可赋形的现实

赋予世界以形象这种行为是一种创世，这并不是说它无中生有、言出法随，而是说它必须通过文字构建一个世界，而文字世界与现实世界构成某种关联，它是现实世界的某种抽绎、切片、微缩、模拟、映射，在任何一个微观的部分都要显现出总体的内涵，就像一个细胞中就包含了所有的基因信息。

——刘大先

你跟着其余三十五个人走下台阶，在等待你的行列面前站好，仿照排头那个人延时传递下来的模板，挺直腰板、姿容端肃。

一阵军乐般的长号声响过，你感到自己被铜的声音清洗、铸造了，并随着铜的命令向右看齐。排头的人确定你们的目光都能落在他身上时，一个跨步，距离他面前的行列更近了。那个行列最前面的人注视着你们排头的人，两人庄严地交换目光，排头那个人一番轻微的动作后，把自己手里小小的物品交到了对方手里。

其余三十四个人一定和你一样，心头涌起了复杂的况味，不舍、荣光、伤感等感触交织。但他们没有迟疑，仍旧按照先前那延时的顺序，完成了排头那个人的动作。很快到了你，你也毫不迟疑，上前一步，离你这个行列前面的第一个人更近了一些，可以顺利完成规定的程序。

那第一个人的眼睛在你迈步时眨了一下，眼中的狂热毫不收敛地倾泻而出，他注视着你打开手里的东西，那是一块巧克力。你剥开巧克力，左手握住黑色的糖块，右手递上糖纸。你已经发现了，你们三十六个人每个人手里的糖纸都不一样，你这一张的颜色没有那么鲜丽，是和巧克力颜色极其接近的黑褐色。糖纸上面是一片暗黄色，有着丝绸光泽的海棠叶。

第一个人拿走糖纸的时候，你的眼睛湿润了，但好在你控制住了，没有泪水流下。随后，你们三十六个人的队列就散了，每个人都像是早已想好似的，就像一下子脱去了刚刚还在身的仪式礼服似的，变得面目模糊，再也无从分辨。

你继续站在原地，看着你那张海棠叶的巧克力纸从第一个人手里向下传递，看到后续接过糖纸的人眼里的狂热。但根本不需要到第一百个，你就看不清接糖纸的人的表情，再往后，你甚至都无法判断他们是不是脸朝着你这个方向。尽管你知道，他们只有这一个方向。再后来，你已经无法知道，糖纸传递到了哪里，是不是还在往下传递。

于是，你转身走了两步，上了刚刚下来的台阶，顺着一级级台阶向上。每走几步，你就回头张望一下，依据队列中细微的骚动，莫名一闪的光芒，确定糖纸传递到了哪里。

等你走完最后一步台阶，到了平台上，糖纸也已经传递到了最后一个人手里。在白热的日光下，你看到那个人扬起了手，糖纸在他手里变成了一只黑色的天鹅，扑棱着翅膀飞起来，飞入空中。

与此同时，你握着糖块的左手一阵生根的疼痛。那早已经化成了黏稠一摊的巧克力，从你的手心，沿着你的手臂，开始发芽，朝着一棵海棠树既定的模样生长。

待开启的现实

在我们来到自己栖身的时空之前，早有无数敏于探究的人只身穿过他们居停的当下，或默默在世上来去，或留下言传身教，把他们对自身和世界的探索留给我们。时移世易，典册中的教化经劫火、尘土和时间封印，通往深远精神之域、原本开启过的大门关闭，嗜好沉思生活者也不得其门而入。那些后来的大力者，将试着打开封印，让过往曾经获得过的精神力量，重新流淌进我们置身的现实——包括清洗先进者昔日的精神伤痕，祓除加盖在他们身上的重重误解。

——黄德海

抽到的签就是这样的——你们得就地在这条路上挖下去，打好一口井，直到地下涌出泉水来。

“我们真的不能再往前走了？”父亲从传令官手里抽出签，又听他说明了签上的意思之后，有点绝望地问。传令官点点头，转身忙着让其他人抽签去了。

父亲掏出烟盒，皱着眉头连抽了两根，才对等在一旁的你们说："那就这样吧，放下东西。你们兄弟几个看看现成的家伙，有什么可以用来挖井的，准备动手。你们姐妹仨，拦一拦、劝一劝往前走的人，让他们稍稍绕点道，把地方给我们腾出来，要是能再从他们那儿借到些东西就更好了，不管是凿子、錾子、锄头、木头还是别的什么，哪怕是一点儿粮食，都行。"

"你——"父亲是对母亲说，"就做饭，烧水吧。"

分配好各自的工作，父亲扔下烟头，捡起一块石头，在路中间偏右的地方画了一个大大的圈，算是确定了着手的地方。你们没有休息，就此动起手来。

开始比较简单，不过是用锄头刨松上面的土，把它们装进筐里，再一个人挑、两个人抬地运到路的左边，顺着路倒下去。——按照父亲的设想，等到井打成时，井里取出的泥土刚好能够在路的左边垫出一段路来，算作补偿或者补充。但是很快，就遇到了坚硬的石头，倒也不是特别的大，一个人抱得过来的样子，可沿着石头周围挖了两天，足足挖下去了半个人高，都没有见到石头的根。只好用錾子、锤子生生在石头上一点一点往下凿，化整为零，一小块一小块往下取。

你主动做起了扶住錾子的人。你双手紧紧握住它，你的哥哥或者弟弟举起锤子，再重重地落下，让錾子在石头上吃出火星，往下吃进去肉眼勉强辨认得出来的那么一点儿。开始，他们都倍加小心，生怕锤子没有砸准或者从錾子顶上滑下来，砸在你的手上。等到石头上的坑已经可以勉强立住錾子，他们都纷纷脱掉了上衣，抡圆了胳膊，把浑身的力气一次次提取出来，一门心思地用在锤子上。但你没法对扶住錾子熟练到若无其事的地步，因为锤子每一下砸在它上面，传递出来的力量、引起的震颤都像是要撕裂你的虎口。

这样凿了几个月，石头还没有解决掉，但是所有的工具都已经钝了，甚至烂了。不等父亲吩咐，你们又在路旁搭起了一个铁匠铺，持续的铁与铁撞击的叮当声取代了锤子砸在錾子上再传递到石头上的沉闷。

铁器的声音、通红的炉火，很快吸引了一些路过的人，他们在母亲微笑的鼓励下，不顾父亲的阻拦，走过来烤烤火，聊聊天。几个小伙子甚至开起了你三个姐妹的玩笑，其中最勇敢最风趣的三个，最终一人领走一个，带着她们继续赶路了。当然，你们收获更多，因为有更多的姑娘对打井这件事产生了兴趣，对你们兄弟产生了兴趣，她们中的几个留了下来，做了你们兄弟的妻子。

嫁娶和生养就在炉火旁完成，打井的事情却没有一刻停留过，等到你们终于把那块大石头全部敲碎，取下来的小石块整齐地堆放在不远的地方时，已经十五年过去，你们的儿女早已经能够出一把力了。仍然没有见到水，哪怕是天上的雨水，也都没有在你们挖出的坑里积聚起来，以便可以指认成一口井。

一种真实

“非虚构”这个词包含着一种争夺的姿态，争夺什么呢？争夺真实。它是在说，我比你那个虚构、你那个小说拥有更多的真实。这一点，小说家们肯定不同意，我也认为事情没那么简单，但是，我相信，它是把有些在这个时代困扰着我们的问题放到了台面上：文学如何坚持它对“真实”的承诺？小说在这个时代是不是在这个问题上面临极大的困难？

——李敬泽

1. 真实作为文学的标准，领先价值与技艺，真实甚至是价值与技艺的标准。自然，可以假定，价值与技艺言人人殊，真实是人群中最大的公约数，它的领先仅仅是出于谈论的便利。但实质上，只要纳入人的有限性这一前提，只要考虑到有限人类“认识你自己”的本性与冲动，真实必然永远优先。

2. 真实无法指着现实成立。真实无法指全现实的所有，一旦指全，它将和现实完全贴合，成为现实本身。更进一步说，真实的手指根本无法落到现实身上。甚至，当我们说“真实指向现实的方向”时，我们同时虚构了真实的“手指”和现实的“方向”。

3. 现实不是虚构的必然要素，现实是非虚构的导航仪。真实是虚构的鹄的，真实是非虚构的罗网。也可以说，真实是现实的应然，非虚构是虚构的实然。

4. 区分虚构与非虚构，也许应当视作神的事情，因为人把握不了其中的比例、分寸。虚构、非虚构、真实、现实，四者的对位与纠缠，出于某种趣味，出于游戏，可以不断叠加、不断重影。同样无从确定的是，游戏到了什么程度，开始滑向僭越。

5. 一旦引入了神，余下的不可避免全部成为套路。为避免套路简单化，每个写作的人竭尽全力。能做的，也不过是这里加一扇门，那里减一棵树。或者，让两个拥抱的人，手臂上的力量再大一点，心脏跳动得更快。但时间无法挪动，因为时间只是人的封闭套路。

图书在版编目(CIP)数据

雨果的迷宫 / 李宏伟著. — 北京 : 北京十月文艺出版社，2020.10

ISBN 978-7-5302-2046-7

Ⅰ. ①雨… Ⅱ. ①李… Ⅲ. ①短篇小说—小说集—中国—当代 Ⅳ. ①I247.7

中国版本图书馆 CIP 数据核字(2020)第 077067 号

雨果的迷宫
YUGUO DE MIGONG
李宏伟 著

出　版　北京出版集团
　　　　北京十月文艺出版社
地　址　北京北三环中路 6 号
邮　编　100120
网　址　www.bph.com.cn
发　行　新经典发行有限公司
　　　　电话(010)68423599
经　销　新华书店
印　刷　北京盛通印刷股份有限公司
版　次　2020 年 10 月第 1 版
　　　　2020 年 10 月第 1 次印刷
开　本　787 毫米 ×1092 毫米 1/32
印　张　6
字　数　88 千字
书　号　ISBN 978-7-5302-2046-7
定　价　39.00 元
质量监督电话　010-58572393
如有印装质量问题，由本社负责调换。